I0672862

# LAMEKIS,

## OU

# LES VOYAGES

## EXTRAORDINAIRES

## D'UN EGYPTIEN

Dans la Terre intérieure ;

*AVEC*

La découverte de l'Isle des Sylphides,

*Enrichis de Notes curieuses & nouvelles.*

SIXIE'ME PARTIE.

*Par M. le Chevalier* DE MOUY.

## A LA HAYE,

Chez NEAULME.

M. DCC. XXXVIII.

# LAMEKIS,

## O U

# LES VOYAGES

## EXTRAORDINAIRES

# D'UN EGYPTIEN.

*SIXIE'ME PARTIE.*

LE Royaume des Amphi-
téocles jouiſſoit d'une tran-
quilité profonde; mon pere &
moi placés ſur le même trône,
décidions paiſiblement de ſa
deſtinée, lorſqu'un événement
auſſi extraordinaire, que malheureux vint altérer le repos
dont nous jouiſſions.

A ij

Le *Karveder* se présenta u jour devant moi avec une émotion qui me présageoit les malheurs ausquels nous devions être bientôt en proie. Deux Monstres d'une grandeur énorme & d'une force sans pareille, viennent de s'apparoître à deux lieues de la Capitale, me dit ce Ministre, la relation envoyée par le Gouverneur de la Ville prochaine de ce prodige, m'a jetté dans la derniere consternation ; j'accours, ô Reine ! vous avertir de cette cruelle nouvelle, afin que vous puissiez prendre de justes mesures pour assurer l'Etat contre les malheurs que pourroient occasionner une apparition si horrible. La chose me parut si importante, que je passai sur le champ dans l'appartement de mon pere pour lui en faire part.

Il changea de couleur à la lecture de la relation. O ma fille, me dit-il, les tems de la prophétie sont arrivés, j'en bénis le divin Etre de toutes chofes; *Fulghane* eft anéanti par vos coups, le refte fuivra infailliblement, je m'y fuis attendu. Après ces paroles cet illuftre pere m'apprit l'Oracle (*a*) fur lequel il m'avoit preffenti le premier jour que j'avois en le bonheur de jouir de fon augufte préfence. Nous adorâmes l'un & l'autre le grand *Vilkonhis*, & nous nous réfignâmes entierement à fes divins decrets.

Le *Karveder* qui attendoit le réfultat de notre conférence & des ordres en conféquence de la cruelle nouvelle qu'il nous avoit apportée, ne fut pas peu

(*a*) Voyez la note page 65. de la III. Partie.

surpris de notre tranquillité, il fit de vains efforts pour nous porter à faire détruire les Monstres-vers, ou du moins à mettre des obstacles à leur passage; mais notre parti pris de ne point nous opposer à notre destinée, le fit rentrer dans le respect; il baissa la tête en soupirant, & se retira en plaignant sans doute notre aveuglement.

Quelque tems se passa sans qu'il fût question des suites de l'arrivée de ces hôtes terribles, ils ne se rencontroient plus; mais un jour que je me promenois dans les jardins du palais, *Zaraouf*, ce Monstre terrible, dont la valeur de *Motacoa* m'a défait, s'apparut tout-à-coup à moi, me saisit & m'enleva; mes cris, ceux de mon pere & de toute ma suite ne servirent qu'à hâter mon enlevement. O Ciel, quelle rigueur, le vent n'alloit pas plus vîte que mon ravisseur! Un second de son espéce marchoit devant nous, & lui traçoit la voie qu'il devoit suivre. Jamais il ne sera possible de comprendre les bonds prodigieux qu'ils faisoient l'un & l'autre, & la vîtesse dont ils s'éloignoient. Je m'étois évanouie dès les premiers momens, je ne revins qu'après cette arrivée dans le séjour affeux qui m'avoit été destiné.

*Zaraouf* Roi de ces peuples monstrueux, comme je l'ai déja dit, ne tarda pas long tems à me rendre compte de ses sentimens. Belle *Tumpingand*, me dit il dès qu'il me vit en état de l'entendre, je t'aime & veux te rendre la plus heureuse des mortelles ; mon Royaume est sans bornes, & tu verras jaunir de chagrins les plus aimables *Trifoldaiftes* de l'honneur infigne où ma prédilection te fait atteindre; mais afin que tu foupire de joye des faveurs dont je te comble, & que tu ne regrette point ta patrie & le rang où le grand *Ver-fun-verne* t'avoit appellé, apprend bien qui je fuis, mes qualitez fuprêmes, & par quels travaux je fuis parvenu jufqu'à toi.

De tous les Rois qui ont regné dans ces contrées intérieures, je puis t'avouer fans amour propre, que je fuis le plus grand, le plus aimable & celui qui ai tenté les chofes les plus extraordinaires : une méditation profonde a été le principe de tout ce que j'ai opéré jufqu'ici ; mes prédéceffeurs avoient tenté vainement autrefois de pénétrer dans le féjour
brillant

brillant où la lumiere luit fans obftacle, moi feul j'y fuis parvenu. Le but de mon voyage n'étoit d'abord qu'une curiofité philofophique, mais ta réputation de fageffe & de beauté arrivée jufqu'à moi par les moyens que tu fçauras bien-tôt, a précipité mes deffeins, & les a animé d'un fentiment jufqu'alors inconnu : ta préfence toute charmante t'a acquis entierement mon magnifique cœur : profterne - toi devant moi, & écoute attentivement.

Un jour que je rêvois profondément dans un lieu où la lumiere pénetroit jufqu'à moi, j'entendis un trépignement de Courteaux-vers (a) qui me fit juger qu'ils n'étoient pas éloignés.

(a) Vers monftrueux pour la groffeur, dont les pattes font courtes & ramaffées. Voyez la deuxiéme Partie pag. 144.

B

Je me cachai derriere une roche dans le deſſein d'attraper (a) quelqu'un des Monſtres qui les montoient. Il y avoit long-tems que j'aſpirois à ce bonheur inſigne, la Tradition de mon Royaume m'avoit appris que ces Peuples barbares avoient un ſecret (b) infaillible pour détruire nos cruels ennemis, (·)

(a) Ces Vers ſont d'une ſi grande viteſſe qu'ils ſont d'une difficulté ſurprenante à attraper : il n'y avoit que les Monſtres-crapauts qui euſſent le talent de les prendre & de les dompter. Ils en font un grand commerce dans la Terre intérieure, les Monſtres-vers les achetant de ces Peuples de leurs plus jolies *Triſoldaiſtes*. Les Monſtres-crapauts les aiment juſqu'à l'idolatrie, & les regardent comme le bien le plus digne d'être envié. L'ardeur de jouir de ces femmes, a occaſionné de ſanglantes guerres ; mais les Monſtres-vers les ont terminées par leur prodigieuſe valeur.

(b) Il veut parler de l'aſcendant de la de la Chouette. Voyez la pag. 15. de la troiſéme Partie.

(c Za-ra-ouf entend ici les Bazilics, & il appelloit de ce nom tous les animaux de l'eſpece de Falbao.

& plus d'un de nos Rois avoit employé ſes efforts pour trouver leur repaire, afin de les obliger à nous faire part de ce ſecret ſpécieux ; mais tous les efforts qui avoient été tentés juſques-là n'avoient point réuſſi. Ces Peuples ont une ſi grande horreur de nous, qu'ils nous fuyent avec autant de précaution que nous en apportons à les ſurprendre ; l'on n'en ſçait point la raiſon : il faut ſans doute qu'une antipathie naturelle en ſoit le principe : quoi qu'il en ſoit, nous avons toujours été dans l'ignorance ( a ) à ce ſujet, & il m'eût été bien doux de

(a) Le Pere Maimbourg prétend que l'antipathie des Monſtres-crapauts contre les hommes-vers, dérive de l'horreur qu'ils ont des dents de ces derniers qui ſont creuſes, & dans leſquelles eſt renfermée une petite bête noire qui donne la mort à leur eſpece, lorſqu'ils ſont aſſez malheureux d'en être approchés.

pouvoir ajouter à la gloire que je m'étois acquise cette importante distinction.

Je ne sçais si les Monstres me sentirent, ou si je m'étois figuré faussement qu'ils devoient monter sur leurs chevaux extraordinaires ; quoi qu'il en soit, je vis arriver en regardant à travers une crevasse de rocher derriere laquelle je m'étois caché, plusieurs Courteaux-vers, sans être conduits par personne. Je pris la résolution d'attraper le premier qui me tomberoit sous la main, avec l'espoir, en réussissant, qu'ils me porteroient vers ceux auxquels ils servoient. A peine m'étois-je préparé à exécuter mon dessein, qu'il en parut un dont la marche lente & endormie m'en présagoit la réussire. Je m'élançai de la place où j'étois, & je lui sautai sur le dos. Il en fut si effrayé qu'il se mit à courir de toutes ses forces. Je m'étois si bien cramponé, malgré ses efforts pour me jetter par terre, & sa course rapide, que j'arrivai au bout de deux jours dans les climats voisins de votre Empire. A peine le Monstre qui m'avoit porté fut-il sorti de la bouche de cette Terre intérieure, que l'air le suffoqua : il en arriva autant à celui de mon premier Ministre qui m'avoit suivi par les mêmes moyens. Nous fûmes long-tems l'un & l'autre dans l'admiration du magnifique spectacle qui s'offroit à nos yeux. A peine nos regards pouvoient ils soutenir l'aspect de la voute éternelle. ( *a* ). Nous tin-

(*a*) *Za-ra-ouf* & son Ministre furent si éblouis de l'éclat de la lumiere à laquelle leurs yeux n'étoient point faits, qu'ils furent aveugles pendant quelques jours,

mes la premiere route que notre imagination nous suggera , & après trois jours de marche elle nous fit aboutir au pied d'une grande muraille dont la hauteur & la majesté surprenoient. Je n'en avois jamais vû de pareille, & j'avois un défir extrême d'apprendre la caufe d'un ouvrage auffi prodigieux.

Nous fûmes plus d'un mois à faire le tour de ce mur ; fon étendue immenfe me fit penfer qu'il fervoit de limites à un Royaume , qui devoit être bien extraordinaire, puifque les Souverains avoient apporté tant de précautions pour en défendre l'entrée. Plus je trouvai d'ob-

L'hiftoire porte qu'ils fe cacherent dans un antre où ils en reprirent peu-à- peu l'ufage en s'y accoutumant infenfiblement. Il n'en eft point parlé ici , & il y a apparence que l'amour propre eft la caufe du filence que le Prince garde dans cette occafion.

stacles à satisfaire au désir pressant & curieux d'y aborder, & plus je me fis une loi d'y parvenir. La chose n'étoit pas aisée, belle *Tumpingand*, vous ne l'ignorez pas ; ainsi je passerai légerement sur cet article.

Nous ne trouvâmes point de parti plus naturel mon Ministre & moi pour arriver à notre but, que celui de faire un trou à la muraille & de pénétrer par la terre (*a*) dans ce Royaume surprenant.

(*a*) Les Monstres-vers avoient la proprieté des Taupes ; ils fouilloient les souterains avec une facilité si surprenante, qu'ils passoient d'une terre à une autre sans se fatiguer davantage qu'un Voyageur. Un Sçavant a fait une remarque assez singuliere sur ce passage ; il prétend que lorsqu'un Monstre-ver vouloit entrer dans la terre, il se dressoit sur sa queue, & comme un instrument pour percer, se faisoit tourner & entroit avec une vitesse admirable, ses mains lui servoient à rejetter les combles, & lorsqu'il étoit bien pressé, il la dévoroit, & la rendoit lors-

Il ne nous manquoit que des outils pour enlever la premiere pierre. Après un confeil tenu fur cette difficulté , il fut convenu que nous irions au premier Village en chercher , & que fi on nous en refufoit de bonne grace, nous obligerions par la force les Habitans à fe prêter à nos défirs.

Nous eûmes autre chofe à oppofer à cette difficulté. A peine eûmes - nous paru dans un gros Bourg que nous rencontrâmes fur la gauche, que tous les Peuples du lieu s'enfuirent avec un air d'effroy qui nous furprit. Un feul Vieillard que fa caducité retint , nous mit en état de pourfuivre nos deffeins ; malgré fa frayeur extrême, il voulut bien conférer avec

qu'il étoit paffé outre , comme on rejette un fuperflu qui incommode , & preffe trop l'eftomach.

nous , nous instruire à faciliter
notre entreprise & nous ébau-
cher la tradition de votre Roïau-
me. Ce qu'il nous en dit de surprenant , au lieu de balancer ma
résolution , la détermina entierement. Il faut , me disois-je,
que ces Peuples soient d'une
sagesse extrême , puisqu'ils ont
pris des précautions si solides,
pour rompre avec tout le genre humain.

Le Monstre (a) vieillard nous
prêta des instrumens de fer avec
lesquels nous vinmes à bout de
notre dessein ; il falloit toute
ma fermeté pour n'y point suc-
comber , & jamais trajet de
terre n'a tant couté à un *Trisol-
daïste*. Au bout d'un mois &
quelques jours nous nous trouvâmes enfin dans vos Etats.

(a) Les hommes d'une autre espece pa-
roissoient Monstres aux yeux de ceux qui
l'étoient véritablement.

L'effet que l'expérience nous avoit appris de l'effroi que notre abord caufoit, nous fit prendre la précaution de ne marcher que la nuit : le jour nous nous tenions cachés dans les bois.

Après quinze jours & plus de marche fans rencontrer aucune habitation , nous entrevîmes enfin un grand *Kou-j-ouf* (*a*) d'une ftructure fi finguliere, que nous en rîmes le Miniftre & moi pendant plus de deux heures ; mais nous avions tort, chaque Peuple a fes ufages , & ce qui paroît ridicule n'eft qu'un effet de l'habitude. Nous décidâmes que nous percerions le mur, & que nous entrerions dans cette habitation au milieu de la nuit

(*a*) Palais. Sa façade en étoit magnifique ; il n'y avoit ni fenêtres ni portes, l'on y montoit par une échelle fort large, & l'entrée étoit fur le toit. Cela imprimoit beaucoup.

afin de furprendre ceux qui y réfidoient & les obliger par-là à fatisfaire à beaucoup de queftions qu'exigeoit ma curiofité.

Elle rouloit fur trois points, le premier de fçavoir fi l'aftre qui vous éclaire étoit un Dieu que vous adoraffiez, ou une créature avec laquelle vous euffiez des relations ; le fecond, par quel miracle il étoit poffible que vous puiffiez vivre avec les excreffences monftrueufes que nous n'avons pas, & le troifiéme, fi vous étiez éclairés des lumieres de la raifon. Un *Trifoldaifte* philofophe cherche à s'inftruire & rifque tout pour y parvenir.

Le Vieillard dont j'ai parlé, & auquel j'avois demandé ces chofes, m'avoit paru fi peu inftruit, que je le méprifai comme un monftre tel qu'il étoit. Mon

opinion fut que les Peuples ren-
fermés par la muraille étoient
des sages qui pourroient seuls
résoudre ces points embaras-
sans. En falloit - il davantage
pour me porter à les rechercher
avec empressement?

La nuit que nous attendions
étant arrivée, nous perçâmes
la maison. Nous nous trouvâmes bientôt dans un Appartte-
ment où étoit renfermé dans un
Etuy (*a*) une jeune Tumpingand avec un mâle de son espece; ils dormoient profondément l'un & l'autre. Je m'en
approchai de près, les décou-
vris, & ne fus pas peu surpris
de ce que je vis : ô *Ver-fun-verne*, m'écriai-je, se peut il que
ta gloire se manifeste par de pa-

___

(*a*) Le Monstre appelle un lit un étuy,
parce que les Amphitéocles se couchent
dans des alcoves fermés : mode qui a passé par succession de tems jusqu'à nous.

reils secrets ? Je recouvris de fureur ces Monstres , & las d'attendre leur réveil , je tirai par
le nez la jeune Tumpingand, qui
se mit à crier comme un serpent.
Je ne pus m'empêcher de rire
de la promptitude avec laquelle
elle fut se cacher dans les bras
de son mâle ; & pour me donner un moment de plaisir , je
les tirai l'un & l'autre par les
jambes , en leur disant que
s'ils m'étourdissoient davantage
de leurs clameurs , je leur ar-
racherois les dents , & les écor-
cherois tout vifs comme ils le
méritoient.

Ces mots les rendirent souples comme des Taupes. (a) Je
profitai de la docilité de ces
jeunes Monstres pour satisfaire
ma curiosité sur les points dont

_____

(a) Comparaison dont se servent les
Peuples de la terre.

jai parlé. Je ne fus pas peu furpris de l'inſtinct ſpirituel avec
lequel ils répondirent à mes déſirs ; mais lorſque le *Tumpingand*
me conta ton hiſtoire , ô belle
*Aſcalis Naſildaé* , & qu'il me
fit un portrait de tes charmes ,
que ne reſſentis-je point ? une
chaleur tumultueuſe échauffa
ſur le champ mon cœur généreux. Je ne pus entendre la maniere dont tu t'étois miſe ſur
le trône ſans émotion , ta fermeté à détruire le culte de ta ba-
roque & fauſſe Divinité , & la
ſageſſe avec laquelle tu t'y main-
tenois ; tout cela joint au récit
de ta beauté & de ta douceur ,
me captiva : je pris la réſolution
ſur le champ de t'enlever & de
faire ta félicité.

Je ne t'ennuierai pas de tous
les pas que j'ai fait pour jouir
de ta préſence , avant que d'en

venir à l'exécution de ce projet :
il suffira que tu sçaches que je
me procurai le plaisir de te voir
sans que tu t'en sois apperçûe ;
je t'avouerai que ta face ver-
meille me plut , & me fit passer
par dessus les excressences que
nous avons en horreur. Je t'en-
levai , tu sçais le reste , redou-
ble ton attention , je vais con-
clure.

Je t'ai choisi pour partager
mes très-douces faveurs , l'Etat
a beau en murmurer , j'ai des
moyens infaillibles pour le ré-
duire à plier sous mes volontez.
Rejouis-toi , que ton orgueil
se dilate , ta Cour va être for-
mée des plus belles *Trisoldaistes*
de mon Royaume , & dans peu
tu regneras sur les Sujets les plus
redoutables de cette terre : tu
feras servie par les Peuples opi-
niâtres qui domptent les *Cour-*

*teaux-vers*, faveur infigne dont jamais n'a joui aucune Reine avant toi : que tes larmes manifeſtent (*a*) ta joye, je te quitte, j'ai tout dit.

Mes larmes, il eſt vrai, ſuivirent un ſi triſte entretien ; mais ſi ces Monſtres furent ſéduits par ces apparences de joye, je n'en ſouffris pas moins ; j'appellois *Vilkonhis* & mon pere à mon ſecours : mon déſeſpoir me porta vingt fois à me donner la mort, fatiguée de mes plaintes & de mes ſouffrances : mon corps ab-

( *a* ) La preuve de la ſatisfaction la plus pure étoit les pleurs chez ces Peuples. Si cette note avoit paru il y a pluſieurs ſiécles, nos Sçavans ne ſeroient pas tombés dans les fautes groſſieres qu'ils ont faites en décrivant les pompes funébres des anciens, qui bien loin de regarder la mort comme un grand malheur, l'enviſageoient comme la félicité ſuprême ; & dans cet eſprit ordonnoient après leur trépas des Pleureuſes pour rendre leur joie publique, & s'en réjouir en leur place.

battu

batu se laissa aller au sommeil,
un songe flateur vint enfin char-
mer mes ennuis. C'est vous, ô
Maître universel de toutes choses qui le permîtes pour me con-
soler, & pour m'annoncer par
ce présage la fin de mes maux ;
ce rêve a eu des suites trop bien
marquées pour être passé sous silence ; le voici.

Je me trouvai dans un appartement superbe couchée dans
un lit environné de plusieurs Es-
prits aëriens qui parloient en-
tr'eux un langage inconnu : il
me sembla que l'un d'eux me
frappa d'une baguette de cristal
qui fit un effet si prodigieux sur
ma conception, que j'entendis
l'idiome que je ne comprenois
pas un moment auparavant.
*Princesse*, ( me dit le Spilgis )
les tems sont arrivés où tu vas
perdre tout ce que tu as de plus

C

cher : fais - en un facrifice à ce que tu adore : cette perte fera remplacée par celui qui doit te rendre heureufe & la plus puiffante des Reines de la terre, il fe nomme *Motacoa* : imprime bien ce nom dans ta mémoire, fouviens-toi alors que *Vilkonhis* eft le maître univerfel, & qu'il doit être adoré dans tous les lieux où tu commanderas.

L'Efprit après ces mots difparut. A fa place un Monftre effroyable fe préfenta le *zenguis* à la main ; je jettai un cri d'effroi : il fembloit vouloir me faifir, & il reffembloit au perfide *Za-ra-ouf*. Un jeune homme dont les traits me frapperent, s'étant trouvé tout prêt à me fecourir, fut enlevé par un fecond ennemi de mon repos. Je fus fi touchée de cette violence, que je me levai avec empreffement

pour m'y oppofer ; mais en étendant le bras, ma main en fut fé-
parée , & la douleur du coup
fut fi violente & me parut fi
réelle, que je me réveillai en
furfaut en me plaignant amérement.

Je ne pus m'empêcher d'in-
terrompre alors *Afcalis Nafildaé*,
continua *Motacoa*, furpris du par-
fait rapport qui fe trouvoit entre fon rêve & celui que j'avois
fait : la Reine ma mere & ceux
qui nous écoutoient , parurent
émerveillés de cette fingulari-
té : la Princeffe après avoir répondu à quelques queftions qui
lui furent faites à ce fujet reprit
ainfi fon difcours.

Si ce rêve me fit des impreffions extraordinaires, ce ne fut
rien en comparaifon de celle
que me caufa un fecond entretien de *Za-ra-ouf*. En effet pou-

vois-je m'attendre aux nouvelles perfécutions qui m'étoient
préparées ? Quelle preuve de
paſſion ! En a-t'on jamais donné de pareilles ? Ce Tyran après
m'avoir renouvellé que je lui
devenois de plus en plus chere,
me dit que n'étant point d'uſage
dansſon pays d'y avoir des cuiſ-
ſes & des jambes, il avoit obtenu, pour me prouver ſon
amour, qu'on me les couperoit,
afin que cet obſtacle ne m'em-
pêchât point d'être Reine avec
lui. J'eus beau proteſter avec
des larmes que je ne voulois
être ni Reine ni mutilée, il voulut me prouver avec un air de
confiance, dont j'enrageois, la
néceſſité d'être l'un & l'autre,
en s'étendant avec un ſotte em-
phaſe ſur la reconnoiſſance que
je conſerverois des grands avan-
tages qui en réſulteroient.

Tout décidé qu'étoit *Za-ra-ouf* sur cet article , la paffion qu'il avoit pour moi retarda cette barbare opération ; mais helas ! que je payai cher cette complaifance de fa part !

Une nuit que je rêvois à ma malheureufe deftinée, j'entendis marcher doucement dans une chambre prochaine avec toutes les précautions dont on fe fert quand on veut éviter de faire du bruit. Je treffaillis de frayeur & l'exprimai par un cri. Ceffez vos clameurs , *Afcalis Nafudaé* , me dit une voix qui paffa jufqu'à mon cœur , ou vous perdez un pere qui prodigue fes jours pour jouir encore une fois de la confolation de vous voir. O Ciel ! dans quel raviffement ne me trouvai-je point à cette nouvelle précieufe ? je me levai, je fus à fa rencontre & me jettai en-

tre ſes bras ; un tems conſidé-
rable fut employé dans ces doux
embraſſemens , une réflexion
les interrompit : nous pouvions
être ſurpris, une douzaine de *femme - vers* étoient de garde dans
une chambre voiſine. Je fis part
de ces choſes à *Linſtagar* Helas!
j'ai tout prévû , me dit-il , &
ſçais qu'il eſt moralement im-
poſſible d'échaper au ſort qui
m'eſt annoncé · mais je vous ai
vû , ma fille, & je mourrai content. Ah ! fuyons , mon pere ,
fuyons , repris-je avec empreſ-
ſement , n'expoſons pas des
jours ſi précieux. Il n'eſt pas im-
poſſible d'y parvenir , quand je
me repréſente que vous avez
pû vous rendre ſi ſecretement
en ces lieux. Plût-à-Dieu , reprit-il, que les moyens extraordinaires qui m'y ont amené , puſ-
ſent combler nos déſirs mutuels!

c'eſt de quoi vous allez être inſ-
truite. Mais avant tout, voyez à
me cacher dans un endroit où
je puiſſe attendre l'effet d'une
conjuration qui peut ſeule nous
faire parvenir au but déſiré : ſi
nous pouvons gagner deux
jours, *Za-ra-ouf* périt, & vous
êtes libre. Voilà ce que j'ai oſé
tenter pour votre délivrance,
& qui peut réuſſir, ſi le ſouve-
rain moteur de toutes choſes le
permet pour ſa gloire.

Je ne fus pas peu étonnée de
ce diſcours, mais ſans y répondre, je ſongeai à l'endroit où
je pourrois mettre à l'abri mon
auguſte pere des regards curieux. Je ne voûlus rien riſquer,
le hazard anéantit tous les jours
les précautions les mieux étu-
diées : mon lit étoit grand, j'y
paſſois preſque les jours & les
nuits à y pleurer ; je n'étois

point contrainte jusqu'à être obligée de sortir. Ce fut-là que je cachai le grand *Lindiagar* : il convint qu'il ne pouvoit pas être dans un lieu plus sortable. Après s'y être mis le plus à son aise qu'il put , il me fit part en ces termes de la maniere dont il étoit venu jusqu'à moi.

Quelqu'affreux que fût l'état où votre enlevement me réduisit , ô *Nasildaé* , me dit-il , il ne me fit point perdre le sens froid: j'ordonnai à mes *Froul - bracs* (a) de faire leurs efforts pour vous

(a) Coureurs. Ils étoient si légers qu'ils faisoient dix Karies (c'est-à-dire dix lieues) dans un heure. L'on n'en sera pas surpris , lorsqu'on sçaura que ces gens ne mangeoient que des plumes , du liege , & des toiles d'araignées , alimens légers , qui ne contribuoient pas peu à les rendre souples & ingambes. Nous devons cet important éclaircissement à Madame Lévêque , qui s'est donné la peine d'entrer dans ce pénible détail dans une de ses productions qui paroîtra incessamment.

suivre,

suivre, en promettant à celui qui me rapporteroit où vous étiez, un Gouvernement de Province pour récompenfe. Quelques jours après, l'un d'eux reparut, il ne vous avoit point perdu de vûe, & ne vous avoit quittée que quand il vous avoit vû entrer dans cette Capitale. Je fus tranfporté à cette heureufe nouvelle ; au Gouvernement promis j'ajoutai des richeffes immenfes ; il en fut fi fatisfait, qu'il s'offrit de rifquer fa vie même pour vous donner de mes nouvelles & en recevoir des vôtres. Je vous aimois trop, ô ma fille, pour confier cette commiffion à perfonne ! Nous nous arrangeâmes, ce fidéle Sujet & moi, pour venir vous trouver & vous enlever, s'il étoit poffible. Le deffein étoit hardi, je le concevois, mais je mettois les cho-

ſes au pis , & cachois toutes les
difficultez qui ſe préſentoient à
mon imagination.

A peine eus je conçu ce deſſein , que je le mis en exécution.
Nous partîmes le *Froul-Brac* &
moi , & nous entrâmes dans le
ſein de la terre au bout d'un
long-tems & d'une pénible marche. Je ne vous rapporterai
point tous les dangers que j'ai
courus , ni les diverſes rencon-
tres auſquelles j'ai échappé, trois
jours ſuffiroient à peine pour
cette relation , le tems eſt trop
précieux pour l'employer ſi inutilement , je ne m'attacherai
qu'à l'aventure qui nous arriva
près de cette Capitale , qui m'a
mis en état de concevoir l'eſpoir
de votre liberté ; le grand *Vilkonhis* l'a fait naître ſans doute
pour notre conſolation mutuelle ; qu'il lui plaiſe de la mettre à
une heureuſe fin !

En traverſant un lieu rempli
de cailloux & de rocailles, nous
entendîmes des hurlemens affeux qui ſe faiſoient près de
nous. Je m'arrêtai & cherchai
des yeux la cauſe de ces cris ;
l'obſcurité qu'il faiſoit dans cet
endroit, nous empêcha de diſ-
cerner les objets, je me coulai
dans une comble où ſe paſſoit
une ſcéne horrible p us de vingt
Monſtres en environnoient un,
& lui faiſoient ſouffrir le tourment le plus terrible ; les plus
robuſtes le tenoient, les uns al-
loient, venoient, & à chaque
voïage rapportoient des paniers
remplis de cailloux & de rocailles ; les autres fourroient dans la
bouche de ce malheureux toutes ces pierres aiguës, & les lui
faiſoient entrer dans le goſier
avec des manches de fer, & les
fouloient dans ſon eſtomac : je

frémis d'un tel spectacle, s'il m'avoit été possible de secourir le patient, je l'aurois fait ; mais que pouvois - je contre vingt Monstres, dont la force d'un seul étoit capable de faire périr une armée toute entiere de notre espéce. J'élevai mes vœux à l'Etre supréme, afin de le toucher de compassion pour cet Homme-ver, & je ne tardai pas à comprendre qu'ils étoient exaucés.

En effet peu de tems après, tous les Monstres se retirerent & abandonnerent le patient ; dès que je conjecturai que je pouvois en approcher sans danger, je le fis ; quel effroyable supplice ! l'Homme-ver étoit étendu, & ne respiroit plus qu'à peine, son estomac étoit rempli de cailloux jusqu'à la bouche, & l'effort qu'on avoit fait

pour y faire entrer le dernier,
lui en avoit arraché tous les
bords, il étoit plus en état d'ê-
tre plaint, que craint ; nous en
approchâmes : ô Ciel, m'écriai-
je, se peut-il que la barbarie
puisse être poussée à cet excès
entre peuple de même espéce !
Ces mots proférés de l'effusion
du cœur, firent ouvrir les yeux
mourans du Monstre, & ils parurent reconnoissans d'un té-
moignage si naturel ; une de ses
mains languissantes se porta jusqu'à sa bouche pour en arracher
le cruel caillou, mais elle re-
tomba de foiblesse, & ses yeux
se refermerent Un sentiment
d'humanité me saisit : tâchons,
dis-je à mon fidéle *Froul - Brac*,
d'ôter cette pierre,& s'il se peut,
celles qui donnent la mort à ce
malheureux, peut-être ce se-
cours ne lui sera-t'il pas inutile.

Je ne me trompai point ; à peine, après bien des efforts, eu-
mes-nous ôté le caillou , que
le Monſtre ouvrit les yeux une
ſeconde fois, reſpira, ou pour
mieux dire , renifla ; il ne me
fut pas difficile de concevoir
que ſi nous pouvions parvenir à
fouiller juſques dans ſon goſier,
il reprendroit une vie bien-tôt
à la veille d'être perdue ; dans
cet eſprit nous nous mîmes à
travailler de tous nos efforts ,
nous lui fourâmes à la fois les
bras juſques dans le fond de ſon
goſier ; il étoit ſi large que nous
y étions à l'aiſe. Pendant plus
de huit heures conſécutives
nous retirâmes des décombres
mêlées de ſang & de ſables ,
cela ne finiſſoit point, & nous
deſeſperions à la fin de pouvoir
ſuffire à le délivrer de cet amas
entaſſé & prodigieux. La natu-

re plus habile le servit encore mieux ; soulagée par la respiration que nous lui avions procurée, elle fit faire au Monstre un éternuement si horrible, que le vent nous enleva & nous jetta à trente pas de là ; nous tombâmes heureusement sur un lit de mousse préparé par la nature : de cet endroit nous vîmes le Monstre vomir des tas de pierres & de sables, il tenoit ses côtez, & faisoit des efforts si prodigieux pour rejetter le reste des pierres, que tous les antres voisins en rétentissoient.

Après une bonne heure d'évacuation, l'Homme-ver frappa de ses mains ses fesses (*a*) écaillées (*b*), fit un bond prodi-

(*a*) C'étoit une marque de pleine joye.
(*b*) La peau des Hommes-vers ressemble à celle des Serpens, excepté qu'elle est si dure, que le Grand Mogol a imaginé d'en faire des cuirasses qui sont à l'épreuve.

gieux, s'essuya le visage avec
du sable, & regarda de tous
côtez comme pour chercher
quelque chose ; il nous entrevit,
se frappa une seconde fois les
fesses & sauta jusqu'à nous.

Un mouvement naturel me
porta à vouloir imiter *Froul-Brac*
qui s'étoit enfui dès qu'il avoit
compris que le Monstre venoit
à nous, mais une réflexion me
retint ; il n'est pas naturel, pen-
sai-je, que cet homme paye un
service aussi essentiel que celui
qu'on vient de lui rendre, d'in-
gratitude ; je l'attendis : *Tumpin-*
*gand*, me dit-il en me léchant(a)
le visage avec une langue pro-
digieuse, ne crains rien, je te
dois la vie, j'avois été condamné
à la mort par le cruel *Za-ra-ouf*,
pour m'être opposé trop forte-

_____
(a) Signe de la plus grande reconnoissance.

tement à un mariage qu'il veut
contracter , contre lequel les
loix de l'Etat font formelles ;
fans toi je rentrois dans le néant,
il n'y a rien dans le monde que
tu ne puiſſes eſpérer de ma reconnoiſſance ; fans entrer dans
les raiſons qui t'ont amené dans
ces lieux , je te ſervirai comme
ton eſclave ; c'eſt la (*a*) régle ici
lorſqu'on doit la vie à quel-
qu'un : je m'y conforme avec
d'autant plus de plaiſir , que tu
n'avois aucun intérêt à me ſe-
courir, tu as riſqué tes jours pour

(*a*) Cet article eſt difficile à entendre ,
& mérite d'être expliqué : Il eſt de loi dans
le Royaume des *Triſoldaïſtes* de perdre ſa
liberté, lorſqu'on doit la vie à quelqu'un ,
& de devenir ſon eſclave. Les gens en place ou riches ſe rachetoient de cette obligation par de groſſes ſommes. Horace s'é-
toit trouvé dans ce cas ; ce qu'il exprimoit
bien agréablement dans un Poëme qui n'a
jamais paru , mais dont le manuſcrit exi-
ſte ; il ſe trouve dans toutes les Bibliothé-
ques des Sçavans.

sauver les miens. *Bour - bou-*
*rouk.* (1)

Je me félicitai intérieurement
de l'obligation où j'avois mis le
Monstre, de m'être attaché. Je
le fondai sur l'usage que je voulois faire de l'obéissance qu'il
me devoit. Jugez, ô ma fille,
de ma consolation, en le trouvant non seulement disposé à
me donner son appui, mais encore intéressé lui-même à se
prêter à mes desseins les plus secrets. Il m'avoua bien plus, il
trouvoit, disoit-il, une satisfaction entiere à me venger de
*Za-ra-ouf.* Il ajouta encore que
son juste ressentiment l'y por-
toit; il avoit son supplice à cœur,
il juroit de ne l'avoir pas mérité, & par cette raison préten-
doit qu'il étoit de son honneur

(*a*) Signifie, je suis à toi, Commande,
j'obéis.

de renverfer du trône un Tyran
détefté par fa barbarie de tous
les peuples ; il m'avoua auffi
que la perte de ce Prince étoit
jurée depuis long-tems ; mais il
s'étoit rendu fi redoutable ,
qu'on n'avoit jamais rien ofé
entreprendre contre lui. Il n'en
étoit pas de même pour lors ,
l'infraction les loix, en voulant
vous époufer , ô ma fille, fert
de prétexte à la trame fous laquelle il paroît qu'il périra infailliblement.

Vous ne devez donc pas être
furprife , ô *Nafildaé* , continua
mon illuftre pere ; fi je me fuis
introduit fi facilement dans ce
Palais. Le Monftre devenu mon
Efclave, y étoit tout - puiffant
avant fa difgrace, & fa famille
actuellement en occupe prefque toutes les dignitez ; il a re-
vû fecretement tous les fiens ,

& ils ont confpiré enfemble pour mettre un frere de *Za-ra-ouf* à la place du Tyran; ils profite-ront du tems que ce Monftre fera près de vous pour lui paf-fer le *grangard* (a) dans le corps, & l'on me promet de faciliter votre fuite, pourvû que vous donniez le tems aux Conjurés d'entrer dans votre apparte-ment, en retenant le Tyran le plus long-tems que vous pour-rez auprès de vous. Cela ne vous fera pas difficile ; il vous aime, dit-on, au delà de toute expreffion, fans vous engager à rien, il n'eft pas difficile de fa-

(a) Fourche fort pointue avec laquelle on empaloit un *Homme-ver*, en la faifant entrer de force dans fa bouche. Cette mort étoit fort douce & faifoit rendre l'ame af-fez agréablement. Les Turcs, Nation fen-fuelle & voluptueufe, ont adopté ce fup-plice, & ils s'en trouvent fi bien, que lorf-que quelqu'un d'eux y eft condamné, il y expire de plaifir.

ciliter l'entreprise ; il s'agit de
votre liberté, de votre bonheur.
Le Barbare a mérité la mort
par l'outrage que nous avons reçu de lui, & nous sommes trop
heureux que le Ciel se déclare si
ouvertement en notre faveur.

Je n'avois rien à répondre à
toutes ces choses, & je promis
de me prêter à tout ce qu'on
exigeoit de moi. Le Mon-
stre Esclave de mon pere reparut sur le point du jour, & apprit que tout étoit prêt pour la
conjuration. L'exécution en paroissoit infaillible, mais il sem-
ble que le Ciel se refuse à de pareils attentats. *Za-ra-ouf* trop
amoureux, ou pressentant son
sort, arriva dans un tems où on
ne l'attendoit pas. Mon pere &
son Esclave s'entretenoient avec
le prétendant des moyens qu'on
devoit mettre en usage pour

ma liberté. Ce Monstre habile
au lieu d'éclater, se retira, man-
da ses Gardes & revint nous sur-
prendre. Le malheureux auteur
de la conjuration fut livré une
seconde fois au supplice qu'il
avoit mérité doublement, & 
pour mon père il fut étouffé de
la propre main du Tyran.

Cette sanglante tragédie se
passa à côté de moi, mon de-
sespoir fut si grand, que je voulus terminer mes jours. *Za-ra-ouf*
arrêta ma main prête à me plon-
ger un poignard dans le sein.
Quelques discours qu'il me tint
pour me ramener à moi même,
je persévérai dans ma douleur;
il ignoroit l'intérêt précieux que
je prenois à la mort de celui
qu'il appelloit un traître de *Lam-*
*pingand*; dès que mes regrets le
lui eurent appris, il lui fit élever un mausolée, & prétendit

par ces marques extérieures de considération appaiser mes ennuis ; mais vains efforts ! S'il m'avoit été possible de lui ôter la vie, je m'y serois portée comme le seul moyen qui pouvoit tranquiliser mes douleurs.

Pendant que ces choses se passoient, le Conseil de Za-s-a-ouf & les peuples le pressoient avec ardeur de me faire mutiler ; il osa m'en parler, & me porter à souffrir ce supplice, en me menaçant de m'y contraindre, si je refusois d'y souscrire de bonne grace. Je crus devoir dans cette occasion user de détours, je lui promis de m'y résoudre, s'il trouvoit deux personnes de mon espéce qui m'en donnassent l'exemple. Cette assurance le combla de joye ; il ordonna un Tract général, promit des récompenses extraordinaires à

ceux de ſes Sujets qui lui ame-
neroient des *Tumpingands* : ils
étoient devenus ſi rares, que je
me flatois de n'être jamais mutilée ; j'en avois la parole du Tyran, & par la connoiſſance ac-
quiſe des mœurs ( *a* ) du pays.
Je ne doutai pas que cette pro-
meſſe ne me fût tenue exactement.

Pendant que ce Roi barbare
travailloit de tout ſon pouvoir
à faire réuſſir ſes deſſeins, il arriva une calamité publique qui
aigrit de plus en plus le peuple
contre lui. Ce fut l'arrivée de
*Falbao*. L'aſcendant fatal que
ſes ſemblables avoient toujours
conſervé ſur ces peuples mon-
ſtrueux, & contre lequel ils s'é-

( *a* ) Lorſqu'il étoit prouvé qu'un *Triſol-
daïſte* avoit manqué à ſa parole, on le li-
vroit aux Monſtres-crapauts comme un
infame, & il étoit deſtiné à ſervir les *Trou-
badors*.

toient

toient toujours précautionné
vainement, leur fit penser qu'ils
devoient tout sacrifier pour n'en
plus être la proie : ils murmu-
roient hautement contre leur
Souverain, prétendant que l'infraction des loix leur avoit atti-
ré|ce fleau. *Za-ra-ouf* sans s'éton-
ner de ces murmures, donna de
si bons ordres, que le *Basilique*,
c'est ainsi qu'ils appelloient ce
Chien fidéle , fut attrapé ; tout
ce qu'on me dit à son sujet, me
donna une curiosité infinie de le
voir & d'en être la Maîtresse ;
il me sembloit si je pouvois me
l'attacher, que je me ferois un
protecteur de cet animal contre
ces Monstres que j'abhorrois.
Ce fut le motif qui m'engagea
à feindre une connoissance que
je n'avois pas. Le reste de mon
histoire vous est à présent con-
nu , ô *Motacoa*, poursuivit la

belle Princesse des Amphitéocles ; vous futes enlevé , j'appris votre arrivée avec horreur. Je me crus pour le coup perdue , lorsque *Za-ra-ouf* m'annonça qu'il avoit enfin en sa possession les deux *Tumpingands* convenus pour être mutilés de compagnie. Afin de rendre la cérémonie plus autentique , il me fit placer sur le trône , où je devois , disoit-il , regner à jamais. Il se cacha pour vérifier des soupçons qui lui avoient été donnés à mon occasion par une *Trisoldaiste* , jalouse de mon élévation prochaine. Il sçavoit votre nom , il l'avoit appris par le Monstre qui avoit enlevé *Boldeon* , il vous en rappella ; je tressaillis alors , & me souvins du rêve mystérieux où vous aviez si grande part ; votre abord acheva de m'en prouver la réa-

lité ; mes sens m'abandonnerent en vous reconnoissant pour
le même que le songe m'avoit
représenté. Après être revenue
de ma foiblesse, je me trouvai
près du barbare *Za-ra-ouf*. Je n'ai
plus rien à ajouter, acheva *Nasildaé*, le Prince vous a détaillé
ce qui suivit cette heureuse rencontre, je lui dûs tout, pour-
rai je jamais l'effacer de ma mémoire! il faudroit que je fusse
la plus ingrate de toutes les créa-
tures.

Nous remerciâmes la belle
Princesse des *Amphitéocles* de la
complaisance avec laquelle elle
nous avoit conté son histoire,
nous en admirâmes tous la sin-
gularité, & elle fit le reste du
jour l'objet de nos réflexions.

Le lendemain à la pointe du
jour *Boldeon* fut reconnoître les
passages par lesquels nous de-

vions fortir de la Terre intérieure; il vint le même foir, & nous
affura qu'il étoit facile, en tenant la même route, de quitter
ces climats monftrueux. Le jour
fuivant nous nous mîmes en
marche, & le troifiéme jour
nous arrivâmes chez *Boldeon*,
où nous fumes cachés avec tout
le foin qu'exigeoit l'affaire importante qui nous y amenoit.

*Boldeon* nous apprit le lendemain qu'*Houcaïs* mon pere ayant
reconnu par des épreuves faites de fa part, l'innocence de
*Nafildaé*, s'étoit fait defcendre
dans le puits d'*Hufaïl* pour la
chercher, & que depuis ce tems
on n'avoit point entendu parler
de lui. Il nous apprit que fon
premier Miniftre étoit mort, &
que celui qui avoit époufé fa
fille *Ruraos*, dont il a été parlé, étoit plus puiffant que ja-

mais. Il avoit fait mourir ou é-
loigner tous ceux qui pouvoient
servir à mon rétablissement sur
le trône : non content de cette
barbarie , continua notre ami
solide, il cherche avec un soin
extrême tous ceux qui ont été
attachés au feu Roi. Cette retraite n'est plus sûre pour vous ,
ô Prince ! ajouta t'il en me portant la parole ; il faut que nous
nous refugions tous à l'autre extrémité du Royaume , & que
nous y menions une vie privée
jusqu'à un tems plus favorable,
afin de ne donner aucun soup-
çon de ce que nous sommes.
Là, nous attendrons l'effet des
trames secretes que je vais mettre en usage pour vous faire
monter sur le trône. Je vous for-
merai un parti ; lorsqu'il sera
tems , vous paroîtrez tel que
vous êtes , & vous reprendrez

une place qui vous eſt dûe légi-
timement.

Nous connoiſſions trop bien *Boldeon*, il étoit trop éclairé pour ne pas nous abandonner entie-rement à ſa conduite. Trois jours après nous partîmes, & dès que nous fumes arrivés ici, la Princeſſe des *Amphitéocles* voulut bien unir ſon ſort avec le mien. Il avoit été réſolu qu'el-le retourneroit dans ſon Roïau-me, & qu'elle m'aſſocieroit à ſon trône. Mais *Boldeon* y ayant été envoyé de ſa part, rapporta qu'après le départ du grand *Lindiagar* les peuples s'étoient révoltés, avoient rétabli le cul-te de *Fulghane* & déclaré la Prin-ceſſe incapable de les jamais gouverner. C'étoit à l'inſtiga-tion des Prêtres chaſſés que ce cruel événement étoit arrivé. Si cette nouvelle affligea mon aimable épouse, ce fut par le chagrin qu'elle ressentit de ne point me donner une couronne que son généreux cœur m'avoit destinée ; je lui marquai ma reconnoissance, de pareils sentimens étoient dignes d'admiration, & je lui jurai que sa possession m'étoit plus précieuse que tous les trônes de l'Univers.

Nous jouissions d'une vie douce & paisible, lorsque la mort de la Reine ma mere troubla notre tranquillité, nous la regrettâmes sincerement, & elle le méritoit. Celle de *Ruraos* qui occupoit mon trône, & que je viens d'apprendre, ô *Lamekis*, continua *Motacoa*, vient d'apporter bien du changement dans ma situation. *Boldeon*, depuis qu'il nous a placés ici, étoit resté inconnu à la Cour pour

pour mes intérêts; je viens de recevoir de ses nouvelles, il me mande de me tenir prêt à partir au premier avis avec assurance que le parti qu'il m'a formé, est le dominant, & que je me reverrai dans peu sur le trône de mes peres. Voilà, mon cher enfant, me dit *Motacoa*, en me serrant le genouil, quelles ont été les fortunes que j'ai courues jusqu'ici; il n'a pas tenu à moi d'orner ce récit d'un service important que j'ai été à la veille de vous rendre, en sauvant la vie à votre illustre pere. Cet endroit vous intéresse de trop près pour ne pas le détailler avec le soin qu'il mérite.

Un jour que je revenois de la pêche avec *Falba*; métier que j'ai toujours fait depuis que je suis ici, afin de ne point m'exposer à être découvert, j'entrevis la barque fur laquelle vous étiez environné de plufieurs autres qui en tiroient ceux qui périffoient. La curiofité & l'humanité me firent preffer d'y arriver à tems ; il faifoit prefque nuit , & à peine les objets pouvoient-ils fe diftinguer ; le tems que je mis à fendre les flots, m'amena malheureufement trop tard ; votre barque étoit coulée à fond , & les autres bateaux éloignés. J'allois me retirer , lorfque *Falbao* fe jetta dans la mer, & vous rapporta, ô *Lamekis* ! fans doute que vous aviez été oublié dans la barque. Je me félicitai d'avoir été affez heureux pour vous fauver, & je vous emportai à mon habitation. Le lendemain j'appris à la Ville prochaine qu'on avoit pris des Blancs, & qu'on devoit les conduire au Roi. Je ne dou-

*VI. Partie.* F

tai pas qu'ils ne fussent les malheureux qui avoient été enlevés la veille, & ma curiosité me porta à les aller voir dans l'endroit où ils étoient détenus. La majesté d'un vieillard fit naître ma compassion ; je l'exprimai par quelques mots ; mais quelle fut ma surprise d'en être remercié par votre sage pere ; car c'étoit lui dans mon idiome qu'il parloit aussi bien que moi. J'étois en ce moment seul avec ce vénérable vieillard , je lui témoignai la douleur que je ressentois de n'être point en situation de lui sauver la vie , & de n'avoir pas été assez heureux pour lui rendre le même office que je vous avois rendu. A ce discours il m'interrompit avec vivacité, me pria avec ardeur de lui faire votre portrait, & vous ayant reconnu à mon rap-

port, il leva les yeux, hurla (a)
m'apprit que vous étiez son fils,
&me dit qu'il mouroit content,
puisque j'étois sauvé; il le parut
en effet, & me raconta une
partie de ses Aventures & des
persécutions qu'il avoit essuyées
de la part de la barbare *Semira-
mis*. Je m'interressai vivement
à ce détail, & lui appris par quel
moyen je pouvois empêcher
que vous ne tombassiez entre
les mains du Roi, en vous tei-
gnant le visage de la couleur
des Peuples du pays. Il me re-
mercia dans les termes les plus
vifs, & me recommanda votre
éducation. J'allois le rassurer
sur le seul regret qui lui restoit
de voir périr ceux qui avoient
été enlevés avec lui, en lui faisant comprendre qu'il n'y avoit
que les mâles blancs sujets à

(*a*) Maniere de prier Vilkonhis.

l'ordre cruel de proscription ; lorsque les Gardes qui s'inquiéterent de notre long entretien, nous obligerent de nous séparer : je n'ai rien appris depuis ce tems de votre auguste pere, mais il y a apparence qu'il a subi son sort. Le Tyran étoit trop jaloux de la destruction des Blancs pour lui avoir fait grace, & c'est en cet esprit que je vous ai appris sa mort. Plaise au Pere de la lumiere que je me sois trompé, & qu'il l'ait conservé, pour que vous soyez un jour sa consolation.

*Motacoa* finit ainsi, & je me mis à pleurer amérement: consolez vous, mon fils, reprit-il, on ne peut rien contre les Decrets éternels. La soumission est un moyen infaillible pour les rendre favorables. Vous avez retrouvé en moi un pere qui ne

vous abandonnera jamais, &
qui n'aura point de plaifir plus
doux que celui de vous donner
des preuves continuelles de fa
tendreffe. En effet le généreux
*Motacoa* m'a tenu parole , & il
n'a pas tenu à lui que je n'aye
été le plus heureux de tous les
hommes.

Quelques jours après le récit de cette hiftoire , *Bolden* arriva lui-même fuivi des Principaux du Royaume ; fes brigues
avoient eu le plus heureux fuc-
cès ; *Boldeon* avoit obtenu à force de follicitations l'affemblée
des Etats. Là il avoit appris l'hiftoire de la Reine *Nafildaé*, avoit
prouvé fon innocence & étalé
les grandes & royales qualitez
de fon fils, qu'il appelloit le légitime Souverain ; après cette
exorde il avoit demandé hautement qu'il rentrât dans les droits

dont il avoit été injustement dé-
possédé : après une longue déli-
bération , l'on avoit nommé des
sages Députés pour vérifier le
rapport de *Boldeon* : ils trouve-
rent les choses conformes aux
déclarations , en firent leur rapport , & les ordres en consé-
quence furent de reconnoître
*Motacoz, Honcaïs* ; il me l'apprit
lui-même , en m'assurant que
dans les sujets de joye dont il
étoit comblé , celui de m'élever au plus haut degré de faveur , étoit l'un des principaux.
Je remerciai le Ciel de tant de
faveurs , & pour m'en rendre
digne , je m'attachai de plus en
plus à l'aimable Souverain qui
me les dispensoit avec tant de
bonté.

Le nouvel *Houcaïs* fut reçu
dans ses Etats avec les transports de la joye la plus vive. Son

premier soin fut d'élever *Boldeon*
& *Ledaï* aux premieres charges
de l'Empire. Le second de caf-
fer la loi barbare , qui profcri-
voit tous les Blancs ; & le troifiéme , de me faire donner
une éducation digne de rem-
placer un jour le premier Miniftre , en cas qu'il vînt à manquer.

Dans les genres d'études qui
furent offerts à mon inclination,
je m'attachai principalement à
la Philofophie , & j'y trouvai
tant de goût, que j'y fis en peu
de tems des progrès confidéra-
bles ; je m'y étois donné tout
entier, & excepté les heures où
je faifois ma cour à mon aimable Souverain, je paffois les autres au travail. J'étois au milieu
d'une Cour brillante dans une
folitude perpétuelle ; l'on s'en
étonnoit d'autant plus , que

F iiij

les plaifirs regnoient & fe fuc-
cédoient tour à tour. Le tendre
*Houcaïs* ne fe laffoit point de
donner des preuves à fa belle
époufe de fa conftance , de fa
paffion ; mais je les évitois ces
plaifirs avec foin. Plus j'avan-
çois dans l'étude de la fageffe ,
& plus ils me fembloient infipi-
des. Peut - on , difois-je quelquefois, confumer un tems précieux , & qui ne revient plus, à
des amufemens auffi vains &
auffi frivoles ! N'eft-ce pas contracter avec le monde des en-
gagemens que la mort détruit ,
& empêche de tenir ? Si nous
fommes nés pour les chofes du
Ciel , pourquoi nous occuper
des terreftres ? C'étoient-là mes
réflexions dans ce tems fortuné;
heureux , fi j'euffe toujours penfé de même ! Mais hélas ! nous
n'avons qu'une feule raifon à

oppofer à mille paffions dont
on eft obfédé. Eſt-il furprenant
que fa voix foit fi fouvent étouf-
fée par leurs clameurs tumul-
tueufes , fur-tout lorſqu'on eſt
affez malheureux pour leur
avoir permis une fois l'entrée
de fon cœur?

J'avois choifi l'endroit le plus
folitaire & le plus reculé du Palais pour vaquer à mes travaux,
ma feule diffipation étoit de lever quelquefois les yeux au Ciel,
de l'admirer & d'adorer l'Auteur de fa création ; jamais aucun mouvement corporel n'a-
voit diſtrait juſques-là cette élévation fublime ; j'en remerciois
quelquefois le Ciel du plus pro-
fond de mon ame. En étudiant
l'homme, j'avois appris les diffé-
rentes paffions dont il eſt fi fouvent la proye,& je me regardois
comme prédeſtiné de n'en con-

noître encore que le nom. Qui auroit cru après être venu jufqu'à l'âge où j'étois, muni de fentimens folides & éclairés, que je reçuffe auffi aifément les impreffions dont je vais parler. Ah, fouverain *Vilkonhis*! vous le permîtes fans doute, pour me prouver le néant de l'homme & votre grandeur toute fuprême à nulle autre comparable. L'Amour vint troubler ma tranquillité, renverfa ma Philofophie, & caufe encore aujourd'hui tous les malheurs de ma vie.

Un jour que j'étudiois avec une application infinie un paffage important fur le principe de l'homme avant fa création, je fus diftrait par un chant argentin & tendre qui m'alla jufqu'au cœur. Je levai les yeux avec précipitation, & ils fe porterent

fur un appartement ouvert dans
lequel j'entrevis deux femmes,
dont la plus jeune chantoit pendant que l'autre plus âgée la
coëffoit : elles étoient l'une &
l'autre placées de façon à ne
pouvoir être vûes au visage de
la place où je les considérois ;
de ma vie je n'avois songé à une
femme, le moment en étoit venu, je treffaillis fans en pénétrer la cause, & cette émotion
faisoit un ravage prodigieux
dans mon cœur.

Je rougis intérieurement de
cet état , & la réflexion étant
survenue, j'augurai que ce trouble étoit l'introduction à un sentiment dont je devois me défier. Je baissai les yeux , & me
remis au travail, mais en vain;
une distraction opiniâtre s'op-
posa à ce desir ; mes idées se
choquoient & ne vouloient plus

rien produire ; un aimant trop puiffant attiroit mes regards ; j'avois beau les captiver, ils fe portoient naturellement vers la fenêtre. Le frein de la raifon les retint pendant un tems ; s'ils s'échapperent , ils ne vi-rent rien , & jufques-là j'étois encore victorieux de cette ten-tation.

Mais la voix ayant ceffé tout à coup de chanter , je ne pus m'empêcher de vouloir en fça-voir la caufe. O Ciel, dans quel état devins-je ! Un vifage plus brillant que l'aurore éblouit mes fens étonnés : une jeune perfon-ne faite par les mains des Gra-ces achevoit d'ajufter des che-veux plus noirs que le jays au-tour de fon front ; le bras qu'el-le avoit levé d'une rondeur fé-duifante paroiffoit par l'attitude qui lui étoit propre, dans tout

ſa beauté. O *Sinoüis*, que ne reſſentis-je point! que ne fuiois-
je ! .... Mais pourquoi fuir?
Eſt - ce un crime d'admirer
ce que le Ciel a créé pour nos
plaiſirs? Je reſtai dans l'admiration. En vain l'étude de la morale, en vain la raiſon me dit
que la fuite eſt un triomphe en
pareille occaſion , je n'écoutai
plus rien, je m'abandonnai au
charme d'admirer; helas! je reſ-
ſentois trop de plaiſir.

Cependant la jeune perſonne ayant baiſſé les yeux de mon
côté, & ſurpris mes regards, fit
un mouvement, comme lorſ-
qu'on eſt frappé d'une choſe
imprévûe , rougit & ſe retira
ſur le champ; tout cela ſe fit à
la fois. Un inſtant plus tard la
raiſon qui me preſſoit, reprenoit
le deſſus, & malgré le charme,
je me ſerois peut-être retiré la

premier ; mais ce qui venoit
d'arriver, me rendit l'empreſ-
ſement dont j'étois à la veille
de me défaire ; je ſoupirai de la
perte du plaiſir que j'avois reſ-
ſenti, je fis des vœux pour qu'il
ſe repréſentât, en l'attendant je
ne perdis point de vûe l'endroit
charmant où il m'étoit apparu.

Plus de deux heures ſe paſ-
ſerent ſans que l'Inconnue ſe fît
revoir ; j'avois recours à l'oreille que je prêtai attentivement
pour écouter ſi quelques mouvemens faits dans l'appartement m'indiqueroient qu'elle
y fût encore ; elle ſe remontra
encore une ſeconde fois. Fut-
ce deſſein prémédité d'ache-
ver ma conquête, ou ſimple
hazard ? Elle étoit habillée d'u-
ne gaze jonquille, à travers laquelle on voyoit le contour admirable de ſon corps, & cette
couleur ſembloit être décidée

pour en faire valoir la blan-
cheur. O Ciel ! de quel raviſſe-
ment ne fus-je point tranſporté
à la vûe de tant d'appas , mais
que je payai cher ces douceurs!
L'Inconnue ſe retire avec le
même embarras que la premiere fois , & je reſtai comme un
terme ſans ſentiment.

Plus de huit jours ſe paſſe-
rent ſans qu'elle reparût à la fenêtre, j'eus la conſtance de re-
ſter à la mienne pendant tout
ce tems dans l'eſpérance qu'elle s'y remontreroit à la fin. Af-
freuſe impatience , que ne me
coutâtes-vous point ! En vain
je voulus arracher de mon cœur
le trait envenimé dont il étoit
frappé ; plus vainement encore
voulus-je avoir recours à ma
raiſon & à la Philoſophie ſem-
blable au poiſſon ſtupide qui
s'eſt laiſſé prendre à l'appas ſé-

duifant, je me débattois vainement, plus je faifois d'efforts,
& plus la bleffure faignoit,
rien n'étoit capable de l'étan-
cher.

Malgré les foins importans
dont étoit occupé *Motacoa*, qui
travailloit férieufement à ménager un parti dans le Royaume
des *Amphitéoclcs* pour remettre
fous la puiffance de la Reine un
trône qui lui appartenoit fi lé-
gitimement; malgré, dis-je, les
diftractions que ces grands foins
devoient lui caufer naturellement, fon amitié pour moi, le
fit appercevoir du changement
qui s'étoit fait en ma perfonne
& en mon humeur; mon filence fur l'état où je me trouvois,
lui fit penfer que la trop grande application produifoit mon
abattement ; dans cet efprit il
voulut que je me trouvaffe aux
affemblées

affemblées brillantes, où route la jeuneffe imaginoit tous les jours des plaifirs nouveaux, afin qu'en les partageant je perdiffe peu à peu l'humeur noire & mélancolique dont j'étois enbruni. Je lui devois trop, il s'étoit expliqué de maniere à ne pas être défobéi fans être defobligé ; je promis de la foumiffion. Pouvois-je moins pour un Prince à qui je devois tant de toutes les façons?

C'étoit toujours avec un regret mortel que je m'éloignois de mon appartement ; la crainte de perdre l'occafion defirée avec tant d'ardeur de revoir mon adorable Inconnue, en étoit la caufe. Il me fembloit qu'à peine en étois-je forti, elle avoit paru à fa fenêtre, & cette idée me mettoit à la géne partout où je me trouvois.

*VI. Partie.*       G

A peine eus-je quitté l'*Hou-caïs*, que je volai à mon appartement ; je treffaillis en jettant les yeux fur la croifée de mon Inconnue, j'entrevis une main qui rangeoit un rideau, & il me fembla voir une ombre qui regardoit à l'un des coins ; quelle émotion ne reffentis-je pas ? l'amour rend adroit. Je penfai que la curiofité occafionnoit ce détour, & qu'en imitant la conduite de l'Inconnue, je l'obligerois à fe montrer tout à-fait. mes conjectures ne furent pas vaines ; elle fût inquiéte fans doute de cette manœuvre, & parut à découvert, me croyant dans le fond de l'appartement, pour démêler la caufe d'une retraite à laquelle elle n'étoit pas accoutumée, comme elle me l'a avoué depuis. Je goutai à l'aife le plaifir de la voir. Si le pre-

mier coup d'œil lui avoir été si
favorable, elle ne perdit pas au
second ; je la trouvai ravissante.
Quels yeux, quelle bouche !
pardonnez, ô *Sinoüis*, ces ex-
clamations, jamais elles n'ont
été si excusables ! Elle me parut
enfin faite pour triompher de
tous les cœurs.

Je ne pus rester plus long-
tems dans l'admiration, un
transport aussi vif qu'imprudent
y succéda ; je me remontrai en
joignant les mains avec vivacité, & en m'humiliant devant
elle, comme devant une Divinité. Elle se retira brusquement
en rougissant sans doute de ce
que je l'avois ainsi surprise ; je
me repentis de mon impruden-
ce sans en être fâché. Elle ju-
gera par là, me dis-je à moi-même, que je l'aime ; le transport
persuade ; peut-être prouvera

t'il mieux que la déclaration la
plus étudiée. C'eſt ainſi que je
raiſonnois : l'amour eſt un déli-
re perpétuel, il parle toujours.

J'eus bientôt lieu de me flater que mon action n'avoit point
déplû. J'entrevis une ſeconde
fois l'ombre de mon aimable
Inconnue au rideau, & la main
qui le tenoit comme la premiere fois. Il n'y avoit pas d'apparence de conjecturer de l'indifférence ou du dépit à cette manœuvre. A peine devient - on
amoureux, qu'on devient Co-
medien ; je feignis de ne point
être vû, je me mis à parler ſeul,
à lever les yeux au Ciel & à le
prier tout haut de permettre
que l'adorable perſonne qui
m'avoit charmé, fût ſenſible à
mon amour. On ne perdit pas
un mot du monologue, on pa-
roiſſoit écouter avec beaucoup

d'attention, du moins j'en jugeai par l'attitude contrainte &
continuelle où l'on se tint pendant tout le tems qu'il dura ; je
fus sans doute éloquent ; il n'étoit pas possible de ne pas l'être,
l'Amour m'inspiroit, c'est un Maître bien habile. Hélas ! il
me fit faire bien du chemin en peu de tems.

Un ordre de la part de l'*Houcaïs* de me rendre dans l'appartement de la Reine , où il y
avoit une Fête appellée *Lak-troal dal* , (*a*) afin d'en partager le

(*a*) Il n'y avoit que les Rois qui fussent
en état de se donner cette fête. Quatre
hommes nuds comme la main, débutoient
par se dire les injures les plus grossieres, &
par se faire des défis mutuels ; ensuite un
cinquiéme des plus robustes survenoit avec
un souet noueux , & les étrilloit jusqu'à ce
qu'il les eût mis en fureur , & que le sang
ruisselât de toutes parts : plus ils faisoient
des cris & des mines extraordinaires occasionnées par les douleurs qu'ils ressentoient , & plus ils faisoient rire l'assemblée.

plaisir, interrompit malheureu-

Après cette espéce d'entrée les fustigés
tomboient tous à la fois sur l'auteur de
leurs souffrances, le saisissoient chacun
par l'endroit qu'ils avoient pû l'attraper,
& se l'arrachoient mutuellement ; bientôt
il étoit en sang, & résistoit jusqu'à ce que
les forces lui manquassent & qu'il tombât
par terre ; lorsqu'on en étoit venu là, chacun de ces Athlétes tenoient une corde, par
le bout qui se trouvoit diagonalement
croisée au point du milieu de cette corde,
s'attachoit une espéce de tabouret rond sur
lequel on mettoit l'Athléte vaincu & les
quatre fustigés tirant en même la corde,
le faisoit sauter en l'air, & la beauté du
jeu étoit qu'il retombât à chaque fois sur
le strapontain. Cet exercice duroit une
heure, & causoit un plaisir sans pareil ; il
étoit terminé par jetter le vaincu par les
fenétres, & l'on attendoit pour cet effet
que le Peuple fût en grand nombre dessous.
C'étoit le comble du plaisir, parce que
tous les bras étoient prêts à le recevoir &
à le rejetter mutuellement de l'un & l'autre, & à se l'arracher vigoureusement. La
Fête finissoit par l'enterrer jusqu'au col, &
pour dédommager le patient de toutes les
peines qu'il avoit prises pour amuser la
Cour & le Peuple, le Roi, la Reine &
tous les Grands survenoient & lui pissoient
l'un après l'autre sur la tête ; après quoi le

fement pour moi celui que j'aurois préféré à tous les autres;
je veux dire de refter à ma fenêtre, & de recevoir là quelques preuves que mes tendres
fentimens avoient été compris.
La Fête fut admirable & ga-
lante, la Cour & la Ville s'y
amuferent, tout refpiroit la joie,
moi feul demeurai rêveur & inquiéte, & d'autant plus malheureux que la décence m'o-
bligeoit de me contraindre :
l'*Houcaïs* avoit à tous momens

Peuple en foule accouroit à qui mieux
mieux lui donner cette marque d'amitié &
de diftinction. Les quatre Athlétes au ra,
port de Strabon, n'étoient pas honorés
d'une fi grande faveur; auffi ne la méri-
toient-ils pas tant. Après la cérémonie on
leur faifoit paffer la tête au travers d'une
planche faite exprès, par où elle paffoit,
& le Peuple pour amitié leur arrachoit les
cheveux, & ne les quittoit que lorfqu'ils
étoient chauves comme la paume de la
main.

les yeux fur moi, & à chaque acclamation du Peuple me fourroit un doigt (a) dans les narrines, en me difant : Eh bien, cela n'eft-il pas bien admirable ? cette mine ne vous a-t'elle pas plû ? & cent autres propos de cette façon, tous propres à me tenir fur mes gardes. Le Roi avoit une qualité qui rendoit fa grandeur refpectable & bien chere, il s'amufoit par complaifance des plus petites bagatelles, & même à force de s'y être habitué, elles lui devenoient agréables; il fortoit auffi fimplement qu'un particulier de fon Palais, en fautant fur une jambe, & lorfqu'il étoit dans la rue, il faifoit arrêter les paffans & fautoit par deffus leur tête, en la leur

(a) Marque de diftinction de la part du Roi, & mépris fouverain de celle d'un particulier.

faifant

faifant, il eft vrai, un peu baif-
fer, par la crainte de les renverfer par terre, ce qui arrivoit
fouvent.

Après que la Fête fut termi-
née, le Roi me propofa de *Bil-*
*gou-router* (a) avec la Reine, tan-

(a) Ce jeu étoit royal, & il n'y avoit
que les Grands qui euffent la prérogative
de s'en amufer ; il fe nommoit *Bil-gou-*
*ta-ber-ker*, & fe jouoit de cette façon. Tous
ceux qui étoient nommés pour *il-gou-rou-*
*ter*, s'affeyoient en rond le ventre à terre,
enfuite on apportoit le *Bil-gou-rout* , Rat
fauvage d'une groffeur prodigieufe, qu'on
lâchoit au milieu du rond ; tous les men-
tons touchoient la terre & les bouches ouvertes , afin de donner au Rat la facilité de
fe fauver dans celle qui lui plairoit le plus.
La fin du jeu étoit d'attraper le Rat ; lorfqu'il vouloit s'y refugier, un Efclave de-
bout l'y obligeoit en le fuftigeant à coups
de fouet,& le rond étoit fi exactement fer-
mé, qu'il ne lui étoit pas poffible de fe
mettre à couvert du fouet, à moins d'entrer dans l'une des bouches. Dès que le
*Bil-gou-rout* étoit pris, celui ou celle qui
avoit eu ce bonheur, fe levoit & le cachoit
adroitement dans le fein des joueurs, & il

dis qu'il travailleroit avec son premier Ministre qui avoit reçu des nouvelles favorables des environs de la grande muraille du Royaume des *Amphitéocles*, dont un pan entier étoit tombé sans qu'on pût pénétrer la cause (*b*) de cet écroulement ; événement favorable qui ouvroit l'entrée de ce Royaume, & dont l'*Houcaïs* vouloit profiter,

demandoit ensuite à l'un d'eux : Où est le Rat ? Il falloit le deviner, ou obéir à un commandement. L'ordre rouloit sur une chanson ou un baiser, quand on avoit été assez fortuné pour le deviner ; si c'étoit un homme , il avoit la prérogative de faire lever une de celles qui lui plaisoit le plus, & de lui dire dans un cabinet voisin, où il s'enfermoit avec elle , tout ce qu'il lui plaisoit. Il en étoit de même des femmes, le privilége étoit égal.

(*b*) L'écroulement de cette muraille fut occasionné par un tremblement de terre. Voyez Heinsius dans son Traité des Ecroulemens , page 13. de l'édition de Londres.

afin de remettre la Reine fur un trône qui lui appartenoit. Je penfai refufer le Roi , je prévoyois que le jeu dureroit long-tems , & il m'étoit bien cruel de penfer que j'allois perdre des momens dont j'aurois peut-être fait un meilleur ufage. Mais une réflexion me rendit docile à cette faveur ; qu'auroit-on penfé de mon refus ? La Reine n'auroit-elle pas cherché à le pénétrer ? Les femmes font plus fenfibles que les hommes , & plus adroites à démêler ; je chériffois mon fecret , & je ne voulois pas me mettre dans le cas de le rifquer.

Mais combien n'eus-je pas lieu de m'applaudir de ma complaifance , lorfque je fus paffé dans la falle du jeu ! Croiriez-vous , ô *Sinoüis* , avec qui je me trouvai ! O Ciel , vous fçavez l'excès de mon tranſport, en reconnoiſſant en entrant mon aimable Inconnue ! Elle ſe mit à rougir ; je ne fus pas moins embarraſſé. La Reine qui aimoit à la folie le jeu que nous allions jouer, ne nous laiſſa pas le tems de nous troubler davantage ; on prit ſes places. La mienne me mit en face de ma charmante voiſine ; je pus la conſidérer ſans obſtacles. Dieu, que j'étois heureux ! Le *Bil-gou-rout* ayant été lâché & fouetté, fit trois tours, & courut enfin ſe cacher dans la bouche de la Reine, qui le prit par les dents ; elle en fut tranſportée. On regarda alors comme un heureux préſage ce hazard, & elle en fut complimentée. Après les feintes faites pour bien cacher le Rât, la Reine me choiſit pour deviner. Je n'avois que l'Inconnue en tête, pouvois je en nommer une autre qu'elle ? Je lui jettai le *Bul-gil*. ( *a* ) Elle le reçut d'un air honteux , qui fit jetter un cri général. O *Sinoüis*, quelle fut ma joie! j'avois deviné, il m'étoit permis de la faire lever , de la conduire dans le cabinet , de l'entretenir. Je me conduifis on ne peur pas mieux d'abord ; mais à peine fus-je feul avec elle , que je me trouvai comme un terme ; je n'eus rien à lui dire ; mes yeux feuls parloient , & il ne me fut pas poffible de proférer une feule parole.

Cependant il falloit finir ; la régle du jeu n'accordoit que

( *a* ) Boule attachée par une ficelle , afin d'avoir la facilité de la retirer à foi lorfqu'on s'étoit trompé , & qui fervoit de preuves pour fubir le commandement , parce qu'alors on la gardoit jufqu'à ce qu'on y eût obéi.

quatre minutes, lefquelles paf-
fées, il falloit reparoître ; elles
étoient plus que fonnées, le
*Troukador* (¹) que la Reine battit,
nous en avertit. Je foupirai de
rage d'avoir fi mal employé un
tems précieux ; je voulus en for-
tant lui demander pardon de
mon trouble & de ma ftupidi-
té ; mais je n'avois que l'ufage
des réflexions, il ne me fut pas
poffible de m'exprimer. L'Inconnue en fourit, & fut reprendre fa place en me jettant un ris
malin, qui acheva de me rendre le plus fot de tous les hommes.

L'occafion perdue ne fe re-
couvre guéres ; du refte de la foi-
rée, il ne me fut pas poffible de
la rattraper. Nous allions quitter le jeu, les treize tours étant
achevés, lorfque le Roi qui re-

(ª) Cloche quarrée.

vint du Conseil , en demanda
une reprise : il prit place , le
*Bil-gou-rout* qui fut apporté , &
qui étoit frais , donna beaucoup
de plaisir , & fut longtems susti-
gé sans prendre son parti : c'é-
toit le comble de l'amusement.
Enfin il se fourra dans la bouche du premier Ministre ; l'on
en rit beaucoup , parce que
l'ayant grande , le Rat s'y étoit
fourré tout entier , & il eut toutes les peines du monde à l'en
retirer. Le Roi , la Reine &
toute la Cour qui assistoient à
cette récréation, en étouffoient
de rire. Enfin le *Bil-gou-rout* fut
caché ; *Clemelis* le devina , & ,
selon son droit, c'étoit à elle à
faire lever un homme ; je me
flattai un instant qu'elle me ren-
droit la politesse que je lui avois
fait ; mais , ô rigueur sans pareille ! le Roi reçut le *Bul-gil.* Je me

trouvai alors dans un état à faire pitié, sans en bien démêler le sujet : le Prince étoit disparu avec l'Inconnue, les quatre minutes me semblerent un siécle. Que l'on souffre quand on voit ce que l'on aime au pouvoir d'un autre, il n'y a pas de tourment qui puisse égaler celui-là !

Le Roi revint avec *Clemelis*, (c'étoit le nom de cet Inconnue) que la Reine prononça pendant son absence, en la louant de son choix. J'entrevis un air de satisfaction sur son visage, qui m'altera jusqu'au fond de mon cœur. L'*Houcaïs* qui s'étoit remis à côté de moi, & qui me trouva prodigieusement changé, me demanda avec bonté si je me trouvois mal ; je n'eus pas la force de répondre, cette question avoit achevé de me glacer les sens, & je tombai en foiblesse.

Je me retrouvai dans mon appartement, lorfque je revins environné de mes gens & des Docteurs. Pour me délivrer de leurs foins, je demandai qu'on me laiffât repofer, en affurant que c'étoit le feul moyen pour me remettre entierement.

Sous le prétexte de ne pas me mettre dans le cas de fouffrir, on me faifoit enrager ; je fus obligé de me fâcher pour obtenir la liberté que je defirois.

Lorfqu'on fe fut prêté à mes defirs, & que j'eus moi-même mis ma porte en état de ne pas être furpris, je volai à ma fenêtre ; ô douceur imprévûe, bonheur fans pareil, *Clemelis* y étoit ! Elle me fit un figne obligeant, joignit les mains, en mit une fur fa tête, l'autre fur fon cœur, & me laiffa entendre qu'elle avoit pris une vraie part à l'accident dont elle avoit été témoin ; ma langue se délia alors. Je suis le plus heureux des hommes , lui dis-je , puisque vous semblez vous intéresser à mon sort ; que ne puis-je à vos genoux en exprimer la reconnoissance la plus sincere & la plus vive ! Un signe de *Clemelis* me fit comprendre qu'il n'en falloit pas dire davantage. J'obéis sur le champ , en lui marquant par mes gestes mon amour & mes transports : elle sembloit s'y complaire, panchoit la tête de côté , & me regardoit avec des yeux.... mais des yeux.... ô *Sinoüis* , qu'ai-je perdu, y a-t'il de malheur comparable au mien !

Je goutois dans ce rapport mutuel de sentimens un plaisir inexprimable, lorsque *Clemelis* se retira tout d'un coup en me faisant un signe précipité d'en faire autant : j'obéis en murmurant en moi-même contre la raison, qui avoit donné lieu à cet ordre ; une inquiétude extrême suivit ce mouvement ; je me plaçai de façon que je ne pouvois être vû ; mais il n'en étoit pas de même de mon côté, les fenêtres de *Clemelis* étoient ouvertes, un vent frais faisoit mouvoir des rideaux d'une finesse & d'une légereté extrême, & lorsque cela arrivoit, j'entrevoyois jusqu'au fond de l'appartement. Un tems assez considérable se passa sans que mes yeux missent à profit ces faveurs ; mais tout à coup je vis passer un homme, & je reconnus cet homme pour le Roi. Cette vision me rappella ce qui s'étoit passé la veille ; qu'en devois-je penfer ? *Clemelis* s'étoit retirée brufquement ; elle avoit des raifons fans doute pour ménager l'*Houcaïs* ; je me jettai dans un abîme de réflexions.

Elles étoient bien naturelles. *C'emelis* la plus belle perfonne de la Cour, ne pouvoit-elle pas avoir fait fur le cœur de ce Prince les mêmes impreffions que celles dont j'étois agité ? L'*Houcaïs* m'avoit toujours paru aimer tendrement *Nafildaé* ; mais n'étoit-il pas poffible que cette tendreffe fût ufée ? Mille réflexions plus cruelle, les unes que les autres, me rouloient dans l'efprit à ce fujet. J'étois jaloux, j'avois trop étudié dans la morale les paffions pour m'y méprendre. O Philofophie, autrefois fi chere, à quoi me fervîtes-vous alors ? Si vous aviez deffein que je vous fuffes fidé-

le, pourquoi ne vous montriez-
vous pas fous une figure auffi
aimable que celle de *Clemelis* ,
je ne vous aurois jamais chan-
gée !

Je fus deux heures dans l'é-
tat le plus cruel , j'avois beau
me raffuier, & pour y réuffir ,
me rappeller les fignes obligeans qui m'avoient été faits, je
tremblois; ces fignes pouvoient
être équivoques , & la vifite du
Roi ne l'étoit pas : ce Prince ,
qui fçavoit que les vûes de mon
appartement donnoient fur celles de *Clemelis* , s'y montra, &
parut fouhaiter d'appercevoir
quelqu'un de mes gens pour
leur parler , où pour me faire
dire quelque chofe fans laiffer
pénétrer ce que j'avois penfé :
je le mis dans le cas d'expliquer fon deffein. en appellant
quelqu'un , & en me remettant

dans mon lit. Ce que j'avois
conjecturé se trouva vrai, le
Roi demanda avec bonté ce
que je faisois, & si j'étois en état
qu'il me vît ; à la réponse qui
lui fut faite, il traversa une gal-
lerie dont il avoit seul la clef,
& se rendit dans mon appartement ; sans le préjugé cruel que
j'avois contre lui, j'aurois été
comblé de cet honneur, il étoit
insigne, & une preuve certai-
ne de l'amitié dont il m'hono-
roit.

*Lamekis*, me dit-il, après s'ê-
tre assis, je me suis enfin apper-
çu de la cause de votre langueur, vous aimez, & si je ne me
trompe, je connois l'objet de
votre amour ; j'attends un aveu
sincere de votre part pour vous
aider à devenir heureux, je
vous ai servi jusqu'ici de pere,
c'est à vous à me parler en fils,

faites-moi part de vos pensées les plus secretes, j'exige cet aveu, & vous vous en trouverez bien.

Au lieu de répondre avec confiance à des marques de bonté si positives, je niai avec assurance les conjectures tirées sur ma mélancolie ; deux raisons me déterminerent à prendre ce parti. La premiere, la prévention où j'étois qu'*Houcais* aimoit *Clemelis*, & qu'un aveu de cette nature étoit capable de nuire à mon amour pour des motifs aisez à imaginer. La seconde, une fausse honte de démentir les principes d'une Philosophie contraire dont j'avois fait gloire trop hautement pour oser m'en écarter avec tant de légereté ; j'éludai, dis-je, & rejettai sur ma constitution le dérangement de ma santé & de mon humeur. Comme le Roi

ne m'avoit preſſé ſur cet article
que par l'intérêt qu'il prenoit à
ce qui me regardoit. il changea
d'entretien, lorſque je l'eus aſ-
ſuré de ce que je viens de dire;
il me parla d'une fête qu'il vouloit donner à la Reine & à toute
ſa Cour. Deux jours après il
eut la complaiſance pour m'a-
muſer, de m'en faire le détail,
en m'aſſurant de la retarder, ſi
je n'étois pas en ſituation d'en
partager les plaiſirs. L'idée d'y
voir *Clemelis*, & d'examiner ſa
conduite, dans le préjugé où
j'étois de ſon intelligence avec
le Roi, me fit avancer que je
me portois aſſez bien pour profiter du glorieux avantage de
faire ma cour à mon Prince, en
ajoutant en ſouriant que je
commençois à penſer en homme aſſez raiſonnable, pour ne
point me priver des plaiſirs qui
l'accom-

l'accompagnoient en tous lieux.
Ce difcours fut bien reçu, & le
mit de la meilleure humeur du
monde. En faveur, me dit-il, de
cette façon nouvelle de penfer
qui me plaît beaucoup, je veux
vous faire faire une connoiffance dont vous me fçaurez un
grand gré; vous avez fauvé la
vie à une fille de la Reine que
nous aimons beaucoup, il eft
jufte d'en recevoir de fa part
les remercimens convenables.
Adieu, votre air furpris m'an-
nonce votre curiofité, elle eft à
fa place, j'en conviens; mais je
me fuis fait une loi de ne la point
fatisfaire; avec de l'efprit & de
la pénétration on doit deviner,
& vous y parviendrez fans doute aifément. Après ces mots ac-
compagnés d'un fouris malin,
le Roi fe retira & me laiffa dans

une surprise qui n'a jamais eu
d'égale.

J'avois sauvé la vie à une fille de
la Reine, & quand, grand Dieu!
en quelle occasion! ma mémoire étoit donc bien mauvaise ou
me servoit bien mal ; l'on devoit m'en faire des remercimens, cette fille n'ignoroit pas
sans doute qu'elle m'étoit obligée ; d'où vient donc attendoit-
elle si long-tems à me marquer
cette reconnoissance, par quel
canal le Roi étoit-il mieux in-
struit que moi? Toutes ces choses me confondoient ; une autre
réflexion m'en fit naître mille.
Le Roi sortoit de chez *Clemelis*;
son premier discours avoit rou-
lé sur une passion qu'il me sup-
posoit ; que vouloit dire tout
cela ? je m'y perdois ; d'ailleurs
*Clemelis* n'aguéres évitoit de
rencontrer mes regards, & puis

tout à coup elle se présente cent
fois à la fenêtre , adoucit les
siens, me fait des signes obligeans ; quels ressorts secrets
font donc mouvoir toutes choses ? voilà bien des sujets de
penser.

Je méditois profondément
sur tous ces égards , lorsque la
charmante *Clemelis* reparut à la
fenêtre avec une femme d'un âge
avancé, à laquelle elle me montra , en s'entretenant sans doute de moi. Cette remarque m'in-
timida , me surprit & m'empêcha de suivre les transports que
sa présence m'avoit rendu. Toutes les fois que mes regards rencontroient ceux de *Clemelis* , les
siens me sourioient & me décou-
vroient un fond de bonté dont
je ne pouvois assez m'étonner ;
la destinée agissoit , & elle ne
tarda pas à me conduire au but

qu'elle me deftinoit.

Quelques Seigneurs de la Cour, qui s'étoient trouvés préfens lors de ma foiblefle, fe firent annoncer, & je ne pus honnêtement leur empêcher l'entrée de mon appartement. C'étoit bien moins à moi qu'à l'*Houcaïs* qu'ils faifoient leur cour. L'un de ces Courtifans, homme léger, volage, & qui ne pouvoit fe tenir en place, fut s'appuyer à la fenêtre, y refta quelque tems & fe retourna vers moi en me félitant du voifinage de la perfonne, difoit-il, la plus aimable du Royaume. L'un d'eux qui s'étoit tenu à fa place, & qui ignoroit de qui le petit Maître parloit, lui en demanda le nom : c'est *Clemelis*, reprit-il : *Clemelis*, ajouta un troifiéme, en me portant la parole ; que vous êtes heureux ! Je ne vois rien dans le monde qui lui ſoit comparable. Pour moi, je mettrois une couronne à ſes pieds, continua-t'il en élevant la voix, & en s'approchant de la fenêtre, afin d'être entendu ſans doute, & tout de ſuite en feignant de nous parler, lui fit une déclaration dans les formes. J'enrageois, & me taiſois, le ton étoit pris, il auroit été inutile de vouloir faire changer d'objets l'entretien. Après beaucoup de galanteries débitées, on entra dans un détail qui ne me déplut point. Nous ſçavons tous qu'elle eſt étrangere, nous dit le petit Maître ; mais aucun de nous n'a pû encore découvrir par quel endroit l'*Houcaïs* l'a pris ſous ſa protection ; ſi nous le connoiſſions moins, nous nous ferions imaginé qu'il eſt bleſſé de ſes charmes ; mais la conduite qu'il a tenue envers elle, en la donnant à la Reine, a retenu nos jugemens; ce qui nous excéde, est le secret gardé sur son origine: elle a beau faire cependant, ajouta-t'il comme par réflexion, nous le sçaurons, cela ne peut long tems nous échapper; il en sera de cela comme du secret qu'elle garde précieusement sur les affaires de cœur. Elle l'a touché, elle a beau s'en défendre, on est connoisseur, quelqu'adroit que soit le manége, il ne tardera pas à être public; pour moi qui l'adore, & qui suis piqué au vif, je n'aurai aucun repos que je ne sois au fait de tous ces mystéres, & j'y travaille actuellement.

Le petit Maître en resta là pour cette fois; un autre fou de son genre releva la conversa-

tion, quoique son discours ne
décidât rien , il ne servit pas
peu à me faire perséverer dans
ma premiere prévention. Il ne
faut pas tant se tourmenter, s'é-
cria-til, pour deviner le tenant
de cette belle personne, vous
l'avez nommé sans y faire assez
d'attention... Quoi, le Roi, interrompit le petit Maître ! oui
le Roi, continua le Courtisan ;
le hazard me l'a fait reconnoître dix fois qui alloit chez elle,
ou qui en sortoit ; aujourd'hui
même, aujourd'hui il y a passé
la matinée , & si vous voulez
faire une remarque , qui n'est
rien en apparence, & qui déci-
de de tout , vous conviendrez
au moins qu'elle donne lieu à
bien des conjectures.

J'attendis cette demie preuve avec impatience , on l'ex-
pliqua. Le Roi depuis quelque

tems , convint - on , affiſtoit affidûment à tous les petits jeux où *Clemelis* ſe trouvoit, & on avoit remarqué qu'il n'a- voit pas été toujours de même. Ce diſcours me fit impreſſion , & me cauſa de la douleur ; je n'en témoignai rien ; mais il me plongea dans une diſtraction ſi grande , qu'elle me délivra de mes fâcheux ; ils me crurent ſans doute en conſéquence in- commodé , & ils prirent enfin congé de moi , en m'aſſurant d'une amitié dont je les aurois fort volontiers diſpenſés.

Jugez , ô *Sinoüis* , de la ſitua- tion nouvelle & fâcheuſe où je me trouvai après leur départ. Quelques jours auparavant j'a- vois été comblé des ſignes obli- geans que *Clemelis* me faiſoit ; dans ce quart d'heure je les en- viſageai comme enfantés par une

une politique inconnue, & qui ne tendoit qu'à me faire tomber dans un piége dont je n'étois pas en état de démêler le principe. Cette idée fit une impression si vive sur mon esprit, que je résolus de combattre ma passion, & de ne plus reparoître à ma fenêtre sans consulter si j'étois assez fort pour rendre ce combat ; je le résolus, & pour commencer à me donner à moi-même des preuves de ma fermeté, je passai dans un autre appartement, où je restai dans les mêmes sentimens jusqu'au jour de la fête dont je ne pouvois me dispenser, après la parole que j'avois donnée au Roi de m'y trouver.

Cette conduite m'attira un message auquel je n'avois garde de m'attendre ; le troisiéme jour un Esclave inconnu se fit

annoncer , & demanda de me
remettre en main propre un
billet dont il étoit chargé ; il
ne contenoit que quatre mots,
les voici :

## LETTRE DE CLEMELIS.

*ON est inquiéte de ne plus vous
voir ; on sçait que vous n'ê-
tes point assez malade pour ne point
paroître ; à quoi pourroit-on attri-
buer des empressemens suivis d'un
si grand froid & d'une conduite si
extraordinaire? On voudroit bien
deviner tout cela, on n'ose , on
craindroit d'apprendre des choses
qui déplairoient , on vous est trop
redevable pour risquer de se brouil-
ler avec vous. Adieu.*

Cette Lettre au lieu de me
jetter dans le ravissement , ne
fit qu'augmenter ma défiance,

& redoubler mes embarras :
mon premier mouvement fut
de renvoyer l'Esclave sans réponse , une réflexion politique
m'arrêta ; l'on doit une certai-
ne considération aux femmes, à
laquelle un homme bien élevé
ne doit jamais manquer. Je
mis la main à la plume , & j'é-
crivis ces mots.

## LETTRE DE LAMEKIS.

L'On n'ose se flater des bontez
dont il est question dans le
message qu'on a reçu avec toute la
reconnoissance possible : cette conduite dont on feint de se plaindre,
est naturelle, & la suite des réflexions judicieuses. On voudroit à
son tour sçavoir deviner, on seroit
moins inquiet d'un discours d'obligation auquel on ne comprend rien.
On seroit trop heureux encore d'y

avoir donné lieu, l'on s'en applau-
diroit, mais on ne s'écarteroit point
par des sentimens déplacés du respect dû à un Souverain, auquel on
est aussi redevable qu'attaché.

Le brouillon de ma Lettre
étoit bien plus intelligible , &
se sentoit de mes préventions;
mais avant que de l'envoyer,
je jugeai à propos d'être plus
obscur, & mon billet fit l'effet
que j'en avois attendu. *Clemelis*
me prouva par la sécheresse de
ses regards, lorsque je me trouvai avec elle le jour de la fête
donnée par le Roi , combien
elle étoit sensible à la maniere
cavaliere avec laquelle j'avois
répondu à sa Lettre. Jusqu'à ce
moment je m'étois cru fondé,
je m'étois même applaudi de
ma fermeté ; je ne l'aime plus,
me disois-je, ma raison a percé

le nuage, & m'a fait reprendre
l'empire fur mes fens étonnés.
Qu'ofois-je dire! je n'avois jamais tant aimé, je ne tardai pas
à m'en appercevoir.

La fête dura trois jours, &
pendant ce tems *Clemelis* me
parut fi belle, fi fage & fi me-
furée, que je me reprochai d'a-
voir pû la foupçonner de manége & d'artifice. La candeur
fe manifeftoit fur fon vifage
adorable; dans toutes les occa-
fions elle eut fouvent des con-
férences avec le Roi; je les fui-
vis même dans un bofquet reculé, où fans témoin il étoit facile de juger de la vérité, ou du
faux de mes préjugez; mais je
ne remarquai rien qui pût les af-
furer. Toutes les fois que l'*Houcaïs* lui parloit, les yeux de cette belle fille étoient baiffés, &
fes joues relevées d'un rouge

annonçant l'innocence & la pudeur ; si elle sourioit , c'étoit avec des graces & une décence qui ne pouvoient être trop admirées.

Lorsque le cœur est blessé , les impressions bonnes ou mauvaises se succédent rapidement : avant le troisiéme jour passé , j'étois revenu entierement sur le compte de la belle *Clemelis* , & je m'étois déja reproché mille fois d'avoir manqué des occasions aussi favorables que celles qu'offroient une fête où la liberté regnoit. Je résolus de chercher à réparer une conduite si blâmable ; l'*Houcaïs* m'en fournit les moyens, en me demandant si ma Philosophie & mon indifférence étoient toujours montées sur le même ton : vous m'aviez assuré , me dit-il , que vous étiez plus raisonnable sur le compte des plaisirs ; cependant en vous examinant de près ces jours-ci, je vous ai trouvé rêveur, distrait & mélancolique, & comme un homme qui se livre par la seule complaisance. Mon dessein étoit de vous tenir parole sur un point dont je vous ai parlé chez vous; mais vous m'avez paru si peu disposé à vous prêter à mes bonnes intentions, que j'en suis resté là. Le Roi ajouta à ce discours, que j'étois bien peu curieux, après ce qu'il m'avoit dit : ou vous êtes le plus indifférent de tous les hommes, continua-t'il, ou vous êtes le plus dissimulé ; je ne vous passerai ni l'un ni l'autre, conclut-il, en riant, prenez-y garde, j'en serai éclairci plûtôt que vous ne pensez.

Je répondis assez naturellement à cette nouvelle attaque,

& j'en profitai fort adroitement pour faire parler l'*Houcaïs*. Seigneur, je suis rêveur & distrait, j'en conviens, repris-je, mais qui ne le seroit pas, après le discours qu'il vous a plû de me tenir? Ma pénétration n'est point assez vive pour deviner des énigmes impénétrables. Depuis que j'ai l'usage de raison je vis sous vos loix, jamais je ne m'en suis écarté, & il ne m'en est rien arrivé d'important, que vous n'en ayez été pleinement informé. Comment donc aurois-je pû sauver la vie à une fille de la Reine? & par quel endroit…? Je vous interromps, repartit l'*Houcaïs* en souriant, votre excuse est légitime & mérite de la considération: suivez-moi, continua ce Prince, je ne veux pas vous faire languir davantage, il est juste de vous éclaircir. En achevant ces mots il me prit par la main , & me conduifit dans un fallon , où la Reine jouoit au *cheval fondu*(a) avec fes femmes , & la tira en particulier avec *Clemelis* & une femme dont le regard me remua jufqu'au fond du cœur. *Lamekis* me fait pirié , leur dit il, j'avois réfolu de lui taire le fecret qui l'intéreffe jufqu'au tems convenu entre nous ; mais fes inquiétudes & fa langueur m'ont décidé : je vous le laiffe , ajouta-t'il à la Reine , je vais prendre votre place , & continuer votre jeu , comblez-le de la joye la plus pure. Après ces mots il fe

(a) Il n'y avoit que les Princes à qui il fût permis de jouer ce beau jeu : & par une bonté toute royale il étoit permis au peuple d'y affifter. Hélas! que l'homme eft changeant ; ce jeu royal a perdu tout fon crédit , on ne le joue prefque plus.

retira, & la Reine avec un fouris gracieux me parla en ces
termes :

Ne vous fentez-vous point
émû, ô *Lamekis*, me dit-elle,
en obfervant fixement mes regards? je n'ai qu'un mot à vous
dire pour vous rendre le plus
heureux des hommes. Je vou-
drois bien avant de m'expliquer, que la nature vous aidât
à me deviner ; vous avez devant vous une perfonne bien
chere, rappellez votre enfance
& le jour fatal, où expofé fur
la mer, vous perdîtes ce bien
précieux. Ah ! m'écriai-je, en
fixant cette femme qui accom-
pagnoit *Clemelis*, mes yeux s'ou-
vrent, mon cœur parle, je
vois.... ah ma chere mere! ..
je n'en pus dire davantage, mes
genoux plierent fous moi, je
voulus me jetter dans les bras

de *Milkea* ; c'étoit elle-même, le Ciel me l'avoit confervée. Mais l'émotion dont je fus agité, m'en ôta la force : elle me ferroit de toutes fes forces , m'appelloit du doux nom de fils, j'étois enfin au comble de la joye.

Cette fcéne fut bien vive & bien intéreffante pour moi , la Reine & *Clemelis* en étoient fpeɛatrices , & fembloient partager cet événement fi précieux. À peine eus - je exprimé mes premiers tranfports , que je demandaravec empreffement des nouvelles de mon pere : l'embarras & la trifteffe qui parut tout à coup fur le vifage de *Milkea* , m'éclaircit entierement fur fon fort ; je ceffai mes queftions. Le filence fuccéda , & je pleurai auffi amérement que fi la chofe eût été nouvelle pour moi , & qu'elle m'eût été apprife dans ce moment.

Le Reine interrompit ma douleur, en me repréſentant la ſoumiſſion que nous devions tous aux decrets éternels. Votre illuſtre pere a trop bien vécu, me dit-elle, pour ne pas être au comble de la gloire : le Ciel demande aujourd'hui des actes de reconnoiſſance & non de douleur ; la faveur extréme qu'il vous accorde en vous rendant une mere chérie, doit faire ceſſer tout autre ſentiment. Ces mots ſécherent mes pleurs, la vûe d'une mere ſi reſpectable me combla en effet de plaiſir & de joye, & je l'exprimai de nouveau par les plus tendres embraſſemens.

*Milkea* m'apprit alors l'hiſtoire de mon illuſtre pere, qui j'ignorois entierement, & me la rapporta telle que je vous l'ai contée, ô *Sinoüis*; mais lorsqu'elle fut à l'article de notre expofition fur les eaux (*a*) & de l'effroyable extrémité où la faim nous avoit tous réduits, elle s'arrêta. C'eft ici, s'écria-t'elle, en élevant les yeux au Ciel, où les refforts d'une Providence fupréme doivent être à jamais adorés. Tout périt de mifére & de faim! je perds une fille chérie, mon illuftre époux eft à la veille de fuccomber ; *Harouza* paye le tribut à la nature ; une mere barbare veut dévorer fa propre fille ; un enfant eft prêt à périr ; un inftant plus tard il rentroit dans la nuit éternelle. Votre fang , ô mon fils, lui rend la vie ! Elle fucce votre playe , & cette nourriture affreufe la conferve. Ah ! que me

(*a*) Voyez la page 76. de la premiere Partie.

dites-vous, interrompis je, en
jettant des yeux étonnés fur *Clemelis*, voilà donc l'énigme ex-
pliquée, & ces obligations dont
le Roi a bien voulu m'entretenir ? Serois-je affez heureux,
puifque le Ciel a bien voulu me
faire l'inftrument de fa gloire,
que fon choix fût encore tombé fur la perfonne du monde
qui m'en paroît la plus digne?
Cet embraffement que ma re-
connoiffance autorife, interrompit *Clemelis* en rougiffant,
affure entierement votre conje-
cture : fans les ordres qui m'ont
retenue jufques aujourd'hui,
je me ferois acquittée de cette
obligation dès l'inftant que j'ai
appris que vous étiez mon li-
bérateur.

Ce difcours & les graces qui
l'accompagnerent, firent reprendre à mon cœur toute fa

vivacité pour *Clemelis* , & détruisirent toutes les idées conçues au sujet de son intelligence avec le Roi. Rien n'étoit plus naturel que les entrevûes qu'ils avoient eues ensemble, il m'étoit aisé de penser que je les avois occasionnées; d'ailleurs cette aimable personne n'avoit jamais quitté mon illustre mere; je venois de l'apprendre par l'histoire qui venoit de m'être rapportée : elle avoit remplacé ma sœur, & elle étoit regardée de *Miskea* comme une fille chérie que le Ciel lui avoit fait adopter: en moins d'un instant toutes ces réflexions se firent à la fois. Au lieu de ce trouble dévorant dont j'étois agité depuis quelques jours , succéda dans mon cœur une joye pure & sensible ; je la témoignai dans les termes les plus vifs ; je fis plus, j'avouai tous les fentimens qui m'avoient été infpirés ; la Reine & ma mere les approuverent & m'affurerent que l'*Houcaïs* étoit difpofé à confentir à mon bonheur. La feule *Clemelis* fe tut ; mais fon filence étoit favorable & doux : Ciel que j'aurois été heureux, fi j'avois fçu mettre à profit les faveurs dont le Ciel me combla bientôt ! Mais hélas ! eft-on né pour l'être dans la vie ?

Le Roi qui fçut bientôt ma paffion pour *Clemelis*, me fit d'obligeans reproches de la lui avoir cachée : vous fçaviez que je vous aime, me dit-il avec bonté, & que pouvant vous rendre heureux, il n'étoit pas poffible de me refufer à tous vos defirs. Je n'eus garde de lui avouer les raifons qui m'en avoient empêché ; il fe conten-

ta

ta de celles aufquelles je recou-
rus , & la fin de la conférence
fut une décifion formelle , de
nous unir au plûtôt , *Clemelis* &
moi, par de facrés liens : en attendant le tems marqué il me
fut permis de la voir à toutes
les heures du jour.

Si les charmes de cette perfonne adorable m'avoient fé-
duit dès le premier inftant que
j'avois eu lieu de les entrevoir ,
le brillant de fon efprit, la douceur de fon caractere acheve-
rent de me faire comprendre
que j'allois être le plus fortuné
de tous les hommes. En effet,
fes grandes qualitez étoient au
deffus de l'apologie qu'on en
pouvoit faire. O Ciel, qui auroit cru que ce qui devoit affu-
rer mon bonheur , dût être la
fource dans la fuite de notre fé-
paration? Mais permettez , ô

*VI. Partie.*                     L

*S'noüis* , que j'éloigne encore quelque tems ce funeste moment , il doit être prévenu par des circonstances absolument nécessaires pour le mettre dans tout son jour , & pour me rendre, s'il se peut , moins condamnable : voilà l'effet de l'amour propre ; il met tout en usage pour s'empêcher d'être blâmé.

*Boldeon* avoit un fils qui partageoit avec son pere les faveurs de l'*Houcais* ; il m'avoit prévenu de tant de bontez, & sa phisionomie étoit si douce & si flateuse , que je n'avois pû m'empêcher de l'aimer & de répondre à une amitié dont je me trouvois fort honoré. Cependant quelle que fut ma prévention pour lui , je lui avois caché jusques-là ma passion pour *Clemelis*. Je crus devoir dans l'occasion présente être le premier à lui apprendre un événement qui alloit devenir public; il auroit eu lieu de me faire de justes reproches, & de douter d'une amitié dont je l'assurois tous les jours. Il me parut surpris de cet aveu, me parla des charmes de l'union conjugale, comme d'un joug pesant & pénible dont je me repentirois tôt ou tard : il ajoua que *Clemelis* étoit trop belle pour me rendre heureux. Vous l'aimez beaucoup, me dit-il, vous l'aimerez encore davantage après la possession; la délicatesse servira d'introduction à la jalousie, & la jalousie au malheur de vos jours. Les Amans que sa beauté lui attirera, vous tiendront toujours dans l'inquiétude; tant que la délicatesse subsistera, cette inquiétude ne tombera que fur vos rivaux; mais à peine la jaloufie y aura-t'elle fuccédée, qu'elle changera cruellement d'objet; l'eftime, la bafe du véritable bonheur, s'évanouira; vous croirez votre époufe capable de vous manquer dans les chofes les plus importantes, & dès que cette prévention aura lieu, vous vous rendrez mutuellement malheureux.

J'ai fenti dans toute fon étendue la vérité de ces maximes, ô *Sinoüis*; mais ces préjugés cruels étoient bien moins enfantés par l'amitié que par la politique. *Zelimon*, c'étoit le nom de cet ami, avoit fes raifons pour me tenir ce difcours, vous ne tarderez pas à en être pleinement convaincu.

Le retour de *Boldeon* du Roïaume des *Amphitéocles*, où il s'é-

toit rendu pour ménager les intérêts de la Reine , apporta des
changemens bien flateurs dans
celui de l'*Houcaïs*. La Reine
étoit reconnue Souveraine de
ces climats par les brigues de
ce Miniftre habile, & la conjuration qu'il avoit tramée pour
cet effet avec les Sujets qui
étoient reftés fidéles au parti de
*Nafildaé* , avoit réuffi au de-là
même de ce qu'on en avoit attendu ; la joye étoit génerale ,
& les *Abdalois* la témoignoient
par toutes les fêtes que l'ufage
a confacré aux évenemens les
plus heureux. J'en partageai les
douceurs par l'union que je
contractai avec *Clemelis* : l'*Hou-*
*caïs*, la Reine & toute la Cour
affifterent à ce mariage. *Zeli-*
*mon* le plus cher de mes amis
alors me fervit d'*Hab-fok-cor*. (a)

_____

(a) Il eft d'ufage dans le Royaume des

L'épreuve ne fit qu'assurer mes

*Abdalles* d'instruire une fille prête à entrer dans le lit nuptial , des devoirs qu'elle y doit remplir ; & celui que l'époux choisit pour endoctriner sa future , répond en son propre & privé nom au mari de la virginité de celle qui lui est confiée.

La veille du jour de la cérémonie l'*Ab-sak cor* , ou celui qui est chargé de la part du futur, de l'instruction des devoirs conjugaux , se rend au coucher du Soleil dans la maison de la vierge ; il présente son pouvoir au pere , à la mere , ou à ceux qui les représentent. Le pouvoir est une chemise du futur , sur laquelle est écrit en caractére rouge la procuration. Dès qu'elle a été lûe avec des marques de considération , on fait venir la vierge, & on la remet à l'*Ab-fok-cor* ; il s'enferme avec elle dans un appartement sans lumiere , usage modeste ordonné par la Loi , pour ne point trop faire souffrir la pudeur. Là sur un sopha étendu la future écoute sans qu'il lui soit permis de répondre , toutes les obligations que l'hymen va lui faire contracter ; après un sermon fort étendu sur la maniere dont elle doit s'attirer les chastes embrassemens d'un époux , il lui demande si elle est pure ; elle répond ordinairement *oui* , ( & cela est de tous les pays ) alors l'*Ab-fok cor* s'écrie *sans doute.....* & puis par réflexion, *j'en doute* ; à quoi la

préventions, je me trouvai le lendemain le plus fortuné de tous les hommes.

Quelques mois se passèrent dans l'ivresse des plaisirs, que cause une tendresse mutuelle. L'adorable *Clemelis* l'étoit toujours à mes yeux; la douceur de son caractere, ses façons séduisantes, tout m'enchantoit en elle; rien ne paroissoit capable d'altérer ma félicité. Mais que je connoissois peu le monde, ou pour mieux dire, que je me connoissois peu moi-même! Je sentis bientôt par une fatale expérience, que plus on

vierge doit répondre : prouvez. Le chaste Auteur de cette histoire n'en dit pas davantage. L'*Ab-sok-cor* au lever du Soleil se retire, se rend chez le mari, l'embrasse & lui dit : *L'enfant dort* ; à quoi le futur répond : *Allons donc le réveiller*. Ensuite l'on va au Temple où l'on consomme la cérémonie.

se croit heureux, & plus on est à la veille de ne plus l'être ; les révolutions de la vie, comme celles des saisons, se succédent les unes aux autres ; c'est ce qui ne sera bientôt que trop prouvé.

La Reine qui brûloit du desir de mettre la couronne des *Amphitéocles* sur la tête d'un époux aimé le plus tendrement, sollicitoit de jour en jour instamment d'en faire le voyage. L'*Houcaïs* enfin lui donna cette satisfaction ; les ordres du départ furent donnés. *Clemelis* fut nommée pour accompagner la Reine ; pour moi je restai près du Roi, qui ne devoit suivre que quelques jours après. Ce retard étoit un effet de politique, afin de donner le tems aux Sujets de la Reine de la recevoir avec la solemnité requise

requife en une pareille occafion. Cette cruelle & petite fé-
paration fut un préfage funefte
d'une plus grande, & la fource
terrible de tous mes égaremens.

A peine *Clemelis* fut-elle partie, qu'une inquiétude mortel-
le s'empara de mon efprit. Ces
Rivaux que je n'avois point re-
doutés tant que je m'étois trouvé en place d'être témoin de
leur empreffement pour ma
femme, me parurent alors in-
fupportables & dangereux ; j'a-
vois beau chercher dans la fageffe de *Clemelis* un antidote
certain contre le poifon fatal
qui fe gliffoit dans mon cœur,
rien ne calmoit mes allarmes :
peu-à-peu ces inquiétudes prirent un fi grand empire fur ma
raifon troublée, que je n'étois
pas le maître d'en dérober les
fimptômes. *Zelimon* s'en apper-

*VI. Partie.* M

çut. Eh bien, me dit-il un jour
après m'avoir confidéré avec
pitié, ne vous voilà-t'il pas dans
l'état que je vous ai prédit ?
Vous êtes jaloux, vous périffez
peu-à-peu, & fi cela continue,
cette humeur vous mettra aux
portes du tombeau ; je vois
d'autant moins de remede au
fupplice dont vous êtes acca-
blé, que la caufe n'en eft pas
prête à ceffer. *Clemelis* eft jeune,
fes charmes ne font qu'à leur
printems, les Amans augmen-
teront de jour en jour, & par
conféquent vos tourmens. Heureux, fi dans le nombre de ces
adorateurs il ne s'en trouve pas
d'affez aimable, d'affez puiffant,
& qui plus eft, d'affez conftant
dans leur pourfuite, pour ne pas
vous mettre dans le cas de vous
défier de la fageffe de celle qui
fait la fource de vos peines.

C'eſt alors qu'elles viendroient à leur comble , rien ne ſeroit capable de les ſoulager.

*Zelimon* de jour en jour me tenoit de ſemblables propos : au lieu de me raſſurer , il ne m'entretenoit que de l'inconſtance & de la perfidie des femmes ; ſa morale étoit ſans ceſſe empoiſonnée des traits les plus odieux & des exemples les plus outrés ; ils me frappoient quelquefois au point, que vingt fois je fus à la veille de partir ſecretement. & d'aller moi-même vérifier mes ombrages ; la ſeule honte me retenoit ; hélas ! pourquoi ne duroit - elle pas toujours ?

Le tems fixé où l'*Houcais* devoit aller rejoindre la Reine ; étant arrivé, il ſe prépara à partir. Sa Cour étoit leſte & brillante, chacun des Courtiſans à

M ij

l'envi avoit grossi son cortége, & fait ses efforts pour faire honneur à son Monarque puissant ; le mien n'étoit pas l'un des moins apparens ; j'ose même dire qu'après celui du Roi il étoit le mieux ordonné ; l'idée de me montrer à ma chere *Clemelis* avec des dehors qui pussent lui plaire & flater sa vanité , n'avoit pas peu contribué aux soins que je m'étois donnés pour y réussir. La Reine & toute sa Cour devoient se trouver sur des tribunes à notre entrée; c'étoit un jour à se faire valoir ; quand on aime , on cherche à plaire de plus en plus.

Mais le sort fatal me refusa la consolation après laquelle je soupirois depuis si long-tems; je tombai malade la veille du départ ; sans les équipages qui étoient partis , & les Courier envoyés à la Reine, l'*Houcais*, qui eut la bonté de me voir, m'assura qu'il auroit differé le voyage; mais l'inquiétude qu'il prévoyoit qu'un second Courier auroit occasionnée à la Reine, empêcha cette bonne volonté. Malgré le transport dont j'étois agité, je montrai toute la sensibilité dûe à ces témoignages d'une distinction si marquée. Hélas ! pouvois-je prévoir que j'en serois bientôt si méconnoissant ! Est-il possible, ô Ciel, que notre raison tienne à de si foibles endroits, & qu'elle s'évanouisse au premier choc de nos funestes passions ! Ma maladie dégenera en langueur, & me laissa une si grande foiblesse, qu'il me fut impossible de me mettre en chemin. Si quelque chose fut capable de distraire la mélancolie qui me dévoroit , ce fut les Lettres de *Clemelis* , où l'amour le plus fincére & le plus tendre étoit naturellement exprimé. Il fembloit que cette femme adorable prévît le fort dont j'étois menacé, ou qu'elle eût entrevu dans mon caractere cette pente cruelle que j'avois à la jaloufie : elle me rendoit un compte fidéle des effets de fa beauté , badinoit fur fes conquêtes , tournoit en ridicule fes Amans , & me mettoit enfin dans le cas de me faire rougir de mes foupçons ridicules & déplacés. Mais malgré des moyens fi propres à me calmer, je ne me corrigeois point de mes défiances : *Zelimon*, qui m'écrivoit auffi fouvent que *Clemelis*, les entretenoit par des hiftoires anonymes , débitées avec tant d'art & de malignité, qu'elles me fembloient toujours fignifier des chofes qui avoient rapport à ma façon de penfer ; ma défiante jaloufie s'occupoit inceffamment de ces traits. J'attendois le retour de ma fanté avec impatience , dans l'idée que je me faifois d'aller moi-même examiner ma *Clemelis* ; j'imaginois à chaque inftant des moyens différens pour fonder jufques dans le fein de fes fecrets, & cette paffion foupçonneufe me gagnoit jufqu'à un tel point, que je reffentois ce qui s'appelle du plaifir, lorfque mon imagination échauffée me mettoit devant les yeux les preuves de mon deshonneur. L'égarement pouvoit-il être pouffé plus loin ? Oui fans doute, la paffion me mena aux dernières extrémitez, c'eft ce qui fera rapporté dans fon lieu.

M iiij

J'ai dit que *Clemelis* m'écrivoit souvent. Cette exactitude sembloit servir de frein aux mouvemens impétueux dont j'étois sans cesse agité ; mais que ne devins-je point , lorsque je fus sévré tout à coup d'une nourriture si nécessaire à ma situation présente ; je m'en figurai à la fois mille causes plus cruelles les unes que les autres ; la moindre étoit que *Clemelis* ne m'aimoit plus , & qu'elle étoit si occupée de ses nouveaux sentimens, qu'elle en oublioit jusqu'à une politique bienséance ; je suspendis cependant encore quelques jours mes extrêmes conjectures ; un fond d'estime & de vénération , qui me paroit sans cesse en sa faveur , m'empêchoit de me livrer aux fougues de la jalousie dont j'étois obsédé ; je remettois de

Couriers en Couriers à me déterminer sur le parti convenable en une pareille occasion ; mais une Lettre de *Zelimon* détermina mes idées : elle a trop de part aux événemens qui suivront, pour ne pas vous la rapporter ; d'ailleurs elle servira à vous faire connoître le caractere de cet indigne ami : elle étoit conçue en ces termes :

## LETTRE DE ZELIMON
### à Lamekis.

JE vous mentirois , mon cher Lamekis , si je voulois vous insinuer que votre absence nous plonge dans la tristesse & dans la douleur ; rien moins que cela. Jamais la Cour n'a été plus brillante , & jamais on n'a pris tant de plaisirs ; ils se succédent tour à tour : ceux dont vous avez été témoin, ne sont rien en comparaison des presens. On dit à l'oreille que l'Houcaïs est amoureux, & que les fêtes brillantes qu'il donne sans cesse, ont un objet reconnoissant & digne de tant de soins; mais je me tais, & ce silence est prudent. Toutes nos femmes se portent à l'envi les unes des autres aux plaisirs, & je n'en excepte aucune. Jugez avec ces dispositions si l'amour languit? Non, Lamekis; il échauffe de ses flammes voluptueuses tous nos Courtisans; l'on ne vit plus ici que par lui.

Le Roi vous aime toujours beaucoup, il dit souvent qu'il lui manque quelque chose, & c'est vous qu'il désigne; vous devez avoir reçu avant hier un Courier de sa part; il est surpris, comme tout le monde, de la continuation de votre maladie. S'il se trouve de l'indifférence dans quelques cœurs, on ne les irrite pas. On vous desire, on vous ai-

*me, & l'on sera comblé de votre re-*
*tour ; pressez-le donc , pour moi, il*
*ne peut rien m'arriver de plus heu-*
*reux.*

Cette Lettre décida toutes
mes irrésolutions ; sans rien me
dire de positif, ne me disoit-el-
le pas tout ? Je la relûs cent fois,
& plus j'en fis l'analyse , & plus
elle me persuada que *Clemelis*
m'étoit infidelle. Ce passage
sur tout me plongeoit dans un
abîme de pensées: *L'on dit à l'o-*
*reille que l'Houcais est amoureux ,*
*& que les fêtes brillantes qu'il don-*
*ne sans cesse , ont un objet recon-*
*noissant & digne de tant de soins;*
*mais je me tais , & le silence est*
*prudent.* Que devois-je augurer
de ce silence & de cette discré-
tion déplacée ? Sans raisonner
davantage , je pris ma résolution , malgré ma foiblesse je

voulus partir, & je le fis *incognito*. En passant dans un Village, où je fus obligé de relayer, & où je me reposai quelques heures à cause de ma foiblesse, j'appris qu'une femme de la Cour en sortoit accompagnée d'un seul homme qui alloit devant sa chaise ; je m'informai sans dessein de son nom, on ne put me le dire ; mais on me la désigna si belle, & le portrait qu'on m'en fit, avoit tant de ressemblance avec celui de *Clemelis*, que sans la prévention où j'étois qu'elle ne pouvoit être sortie de la Cour, je n'aurois pas hésité à la reconnoître. Lorsque je fus arrivé, je me rendis secretement chez *Zelimon*; il me fit attendre longtems, & ne vint que bien avant dans la nuit ; il recula deux pas en me trouvant dans son appar-

tement, devint pâle, & parut
interdit. Ah! *Lamekis*, me dit-il,
que venez-vous faire ici? &
d'où vient le myftere que vous
affectez en y arrivant ? Il auroit
bien mieux valu que vous euffiez annoncé votre voyage
quinze jours plûtôt, & puis il
fe tut, comme un homme qui
fe repent d'en avoir trop dit.
Je le preffai de s'expliquer, mais
ce fut inutilement ; il me defef-
péra par fon filence, & j'en fus
fi piqué, que je me retirai dans
un appartement qui m'avoit eté
préparé, avec le parti pris de
changer de logement dès qu'il
feroit jour.

Quelque befoin que j'euffe
de repos, il ne me fut pas poffible d'en prendre, j'étois à bout,
je ne fçavois quelles conjectures tirer de la reception de *Ze-*
*limon* & de fes procédés. L'u

& l'autre cachoient des myfte-
res dont l'obfcurité faifoit mon
fupplice. Que vouloit dire cette précaution d'annoncer mon
voyage ; il étoit donc dangereux de furprendre *Lemelis?* O
Ciel, que l'incertitude eft cruelle lorfque le cœur eft agité par
des endroits auffi fenfibles ! J'é-
tois au fupplice , & s'il avoit
continué, je n'étois pas en état
d'y pouvoir réfifter.

J'étois prêt à fortir de chez
*Zelimon*, je donnois mes ordres
à un Affranchi pour me chercher une maifon où je puffes
continuer à garder l'*incognito*,
lorfque cet ami fatal entra dans
mon appartement. J'étois fi piqué contre lui , que je continuai
à me faire habiller, fans daigner
répondre à un compliment or-
dinaire. Il ne me dit rien qu'au
moment qu'on vint m'appren-

dre que mon logement étoit
prêt, & je me difpofai à fortir.
Que veut dire cette conduite,
s'écria-t'il en me retenant? vous
figurez-vous que je vous fouf-
fre ailleurs que chez moi? Je
répondis à ce difcours avec froi-
deur, & je voulus fortir. Non,
me dit-il, je croyois vous obliger en gardant un filence convenable avec vous;mais puifque
vous prenez les chofes avec une
prévention auffi injufte, je le
romprai ; remettez-vous au lit,
*Lamekis*, continua *Zelimon* avec
un air plus ouvert, votre fitua-
tion le demande, là vous ferez
inftruit de ce que votre impru-
dente curiofité vous force à fça-
voir. L'idée de fortir de mon
incertitude, me rendit ma féré-
nité; je fus docile à tout ce qu'il
voulut, je me mis au lit, en effet j'en avois bien befoin. Lorf-

que je fus en état de l'écouter ;
il ordonna à un Esclave de dire
à sa porte qu'il n'y étoit pour
personne , & après cette précaution pour ne point être in-
terrompu , il me parla en ces
termes :

*Fin de la sixiéme Partie.*

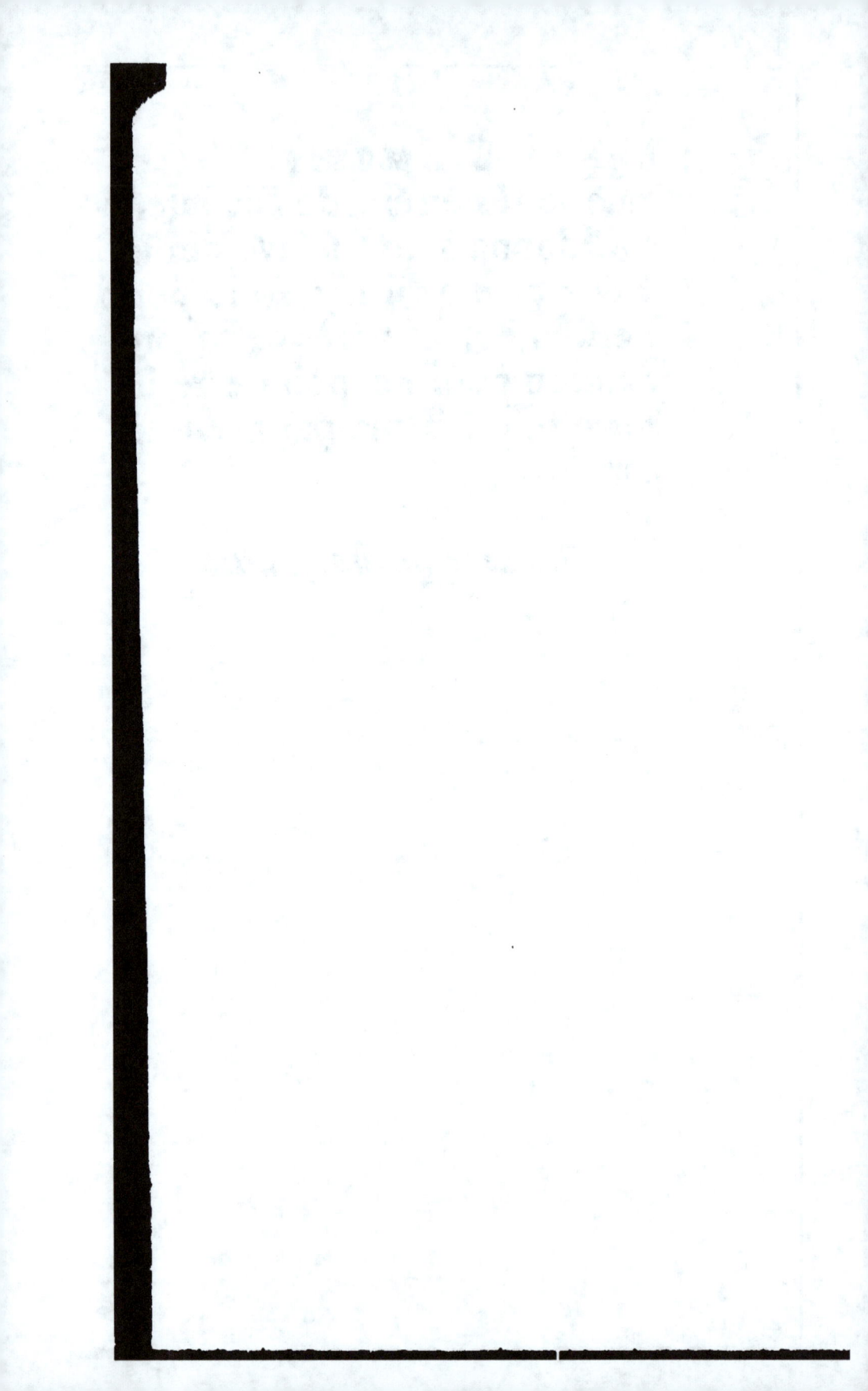